未知侵入

Invasion of the Unknown

何辉 著

中国宇航出版社
·北京·

图书在版编目（CIP）数据

未知侵入 / 何辉著. -- 北京 : 中国宇航出版社,
2022.11
ISBN 978-7-5159-2123-5

Ⅰ. ①未… Ⅱ. ①何… Ⅲ. ①幻想小说—中国—当代
Ⅳ. ①I247.5

中国版本图书馆CIP数据核字(2022)第176514号

策划编辑 李苏楠 **封面设计** 宋 航
责任编辑 刘 杰 **责任校对** 冯佳佳

出 版
发 行 中国宇航出版社
社 址 北京市阜成路8号 **邮 编** 100830
（010）68768548
网 址 www.caphbook.com
经 销 新华书店
发行部 （010）68767386 （010）68371900
（010）68767382 （010）88100613（传真）
零售店 读者服务部
（010）68371105
承 印 三河市君旺印务有限公司
版 次 2022年11月第1版 2022年11月第1次印刷
规 格 880×1230 **开 本** 1/32
印 张 6.125 **字 数** 132千字
书 号 ISBN 978-7-5159-2123-5
定 价 36.00元

目录

楔 子

韩克经常会想起一些可怕的场景：巨大的蓝色闪电从高空落下，大楼在闪电中崩塌，钢铁熔化，碎石纷飞，火光四射，人体的碎片从高空纷纷坠落，老人和残疾人被无情屠杀，黑色不明球体的巨大阴影覆盖着整片街区，幸存者双眼空洞地在街头行走……

他想，不可能仅仅就他一个人会想起这些可怕的情景。

我们怎能一直这样在地下像老鼠一样苟且偷生呢？不，我们一定要回到地面去！我们一定能够回到地面去！历史上，那些在可怕的战争中躲入防空洞，躲避轰炸和杀戮的人，迟早都会回到地面去，他们不都成功回到地面了吗？我们一定要回去！

一
地铁

群星渐渐暗淡下去，湮没在无尽的黑色中。“阿克说马上就要开始讲座了，不能再同我说话了。”韩克听到母亲对父亲说，声音好像从电话那端传来，也好像从深空中传来。母亲的身影，随着群星消失在黑暗中。这时，他仿佛看到父亲冲他看了一眼，然后转身走入无边无际的黑暗。

妈——

什么声音？对，是闹钟的声音。昨天晚上定的闹钟。

应该是六点十分。

好吧，只好起来了。还得赶地铁呢。超过了七点，地铁车厢就如同沙丁鱼罐头了。

韩克不情愿地睁开眼睛，心头沉沉的，悲哀的感觉仿佛大坝中的水从梦境中溢出，流淌入现实世界。他盯着白色的天花板愣了一会儿，抬头从枕头边摸到自己的眼镜，方才振作着从床上坐起来。戴上眼镜。新的一天开始了。

公寓的房间不大，一室一厅，有一个独立的卫生间。卧室与客厅之间，用一道毛玻璃门隔着。卧室的一面墙上，定制了固定书架。印着无数个莫比乌斯环花纹的墙纸已经发黄。屋子里有些杂乱。各种书堆满了简陋的书架，其中大部分是数学、物理以及哲学方面的文献。读博士期间翻过的书和各种闲书一起，如今静静地立在书架上。钱德拉塞卡。《黑洞的数学理论》。韩克的目光扫过书籍上的作者和书名。

书架中间一层的侧面，贴着一张即时贴。现在，韩克正躺在床上，他看不清那张即时贴上的文字，但他却知道上面写的是什么。它已经在那里贴了好久了。他的目光扫过那张即时贴，脑海里浮现出很久前他在上面写下的一首小诗——

在上班地铁上创作的一首小诗

凌晨，早与晚，
$\mu(n)$ 的值。
生、死与未知，
寻找非平凡零点的$\zeta(s)$。
过去、现在与未来，

牵手一笑，

于无限中隐藏万物的记忆。

韩克在心里默念了一遍自己曾经写下的小诗，苦笑了一下，又看了看自己的小屋。

眼前看到的一切，都与昨天一样。

韩克握起拳头重重地敲了一下自己的脑袋。起来吧！总得去工作啊。否则，如何养活自己呢。

韩克飞快地穿好衣服，像昨天一样，花了三分钟时间刷牙洗脸，又在洗手间内清理了一下体内积累了一天一夜的代谢废物，然后抓起手机，背上双肩包，匆匆出了公寓门。

还不到七点，地铁里的人已经很多了。地铁通道里布满了广告牌，向消费者推荐各种可以使人变得更美更健康，可以使生活变得更美好更惬意的产品。时间有点紧张，韩克毫无目的地扫了几眼广告画，脚下走得飞快，跟着前面的人，沿着扶梯往下跑。每一个人的人生，不管是伟人还是普通人，只要是凡人，作为一个过程，都是可确定的，都是有限维的，也一定都是“可微”的吧。韩克看着急匆匆行走的人们，心里闪过一个念头。

扶梯上没有人站着，都在匆匆忙忙往下跑。下行扶梯的速度加上奔跑的速度，加快了扶梯上所有跑着的人奔向未来的速度。扶梯旁边的楼梯，却空荡荡的，没有人走。

懒惰乃是人类的天性！

韩克跑下扶梯时，往旁边的楼梯瞥了一眼，心里下意识地又对人类做出了一个哲学层面的评价。

不过，也许正是懒惰和追求舒适的天性，推动人类进行了各种发明创造。地铁的发明，从某种角度来说，也是人类为了获得更快的位移速度及更加舒适的位移过程而发明的。从十年前开始，这座城市新建的地铁又往地下深挖了一层。新建的十来条地铁线，不再使用阿拉伯数字，而是使用字母作为代号，以区别于多年前建成的用阿拉伯数字编号的地铁线。值得庆幸的是，在往地下挖了那么深之后，也没有遇上科幻小说里出现过的那种在地下岩层中突然现身的“微观巨人”。

D号线是向西开往幸福里方向的，在D号线斜上方的地下隧道内，是6号线这条老地铁线。韩克挤入D号线的车厢内，像往常一样扭头扫视了一下近旁的几个人，这才站定，盯着前面的玻璃窗。

车厢里，几乎所有人都在看手机。

韩克盯着密封的玻璃窗，发了一会儿愣，一只手抓牢了车厢内悬垂着的拉手，另一只手下意识地从裤兜中掏出手机，点开了Qo浏览器。

X国天文学家第一次观测到疑似白洞的天体

Z国潜艇神秘沉没

世界探索宇宙委员会讨论启动制造虫洞的试验

第一条新闻引起了韩克的注意。他点击了一下标题，页面跳到新闻的内容页面。这条新闻的内容很简单，只有短短几句话。如今的读者早已习惯了碎片化阅读，连新闻也越来越短了。这条新闻的导语说在今天（7月12日）凌晨两点半左右，X国的天文学家汪泉教授观测到在太阳系边缘突然出现了一个疑似白洞的天体。

韩克的心头仿佛被针刺了一下，他迫不及待地往下读。

在韩克读到这条新闻的第三句话时，地铁猛然一个急刹车，站在他左侧的一位女孩站立不稳，重重地撞在他身上。韩克心里默默地抱怨了一句地铁司机的驾驶技术。

“哎哟，”那个女孩轻轻地叫了一声，慌忙向韩克说，“对不起。”

“没事没事！”

韩克赶紧说道。说话间，他朝那个女孩看了一眼。只见她看上去大约二十二三岁，留着齐肩短发，头发焗成了浅咖色，身高在一米六七、六八左右。这个身高数据当然是韩克根据自己的身高估计出来的。女孩穿着蓝灰色的套装，白色的衬衣。韩克瞥见女孩的脖子上戴着一块碧绿的翡翠，是个观音像。他的目光在那块玉佩上短暂停留了一下。记忆深处的某个画面在他脑海里闪了一下。他扭过头，继续盯着地铁车厢的玻璃窗。

在这次猛烈的刹车后，地铁停了片刻，方才重新启动，再次正常往前行驶。

韩克继续盯着车厢玻璃窗发呆，鼻子里却闻到一缕淡淡的幽香。这缕幽香应该是从旁边这位女孩身上散发出来的吧。为什么我之前没有察觉呢？韩克心底有些纳闷。真没出息，又在胡思乱想些啥啊！他暗自恼怒。

“你也是秘境公司的？”

突然，韩克听到一个清脆美妙的声音在耳边发问。他呆了呆，扭头盯着旁边这位方才撞到他身上的女孩。她正微笑着，用一双清澈的眼睛看着他。她的瞳孔很黑，闪着狡黠的光。

“你怎么知道？为什么说‘也是’？”

那个女孩微微一笑，指了指韩克夹克的口袋。

韩克低头一看，见夹克口袋处耷拉出一截蓝紫色的带子。带子上交替重复着“秘境”的中英文字样，仿佛要提醒带着它的人千万不要忘记了自己的归属。

那个女孩这时从自己的黑色单肩托特皮包中掏出一个证件，正是秘境公司的出入证。

“我今天第一天报到。”女孩眨了下眼睛，做了个鬼脸儿。

“这么巧！”说完这三个字，韩克一时不知该继续说些什么。对于一个不善表达的人，与一个年轻女孩近距离接触，说话不变得更加艰难才怪呢。

“是啊，多巧啊。要不是刚才撞了你一下，我也不会注意到你的出入证带子。一会儿咱俩是在城关地铁站内换乘N号线吧?”

韩克点了点头。

那个女孩说得不错。在城关地铁站内，韩克要换乘通往城北科技园的N号地铁线。那个女孩不紧不慢地与他一起往前走。

顺着人流，两人往N号线站台走去。许多人一边走，一边低头刷着手机，通道内充斥着杂沓的脚步声和千百人走动时衣物摩擦抖动的窸窸窣窣的声音。在这个相对密闭的巨大空间中，每个声音源发出的声音都不一样，但是千百个这样细小的声音汇集在一起，便仿佛形成了一股处于压抑状态的声音洪流。这股声音洪流，仿佛一直都在地铁这个相对密闭的空间中无始无终地涌动。他曾无数次对地铁环境产生恐惧。他不能想象，假如洪水灌入地铁，或地震导致隧道坍塌，这个巨大的空间内会发生多么可怕的惨剧。

每当这个时候，韩克便觉得地铁通道内的气氛非常诡异，心里便产生一种强烈的不适感。他怀疑自己患上了幽闭恐惧症。可是不管内心如何恐惧，他还是一次又一次进入了这个空间。仿佛有一种巨大的惯性，推动着他和所有人，一切都如常地继续。

人群像是蚂蚁，密集着前行。不过也不完全像蚂蚁，蚂蚁可不会边走边低头刷手机。有时韩克会想，手机在人的手里，就像一个吸食灵魂的怪物，悄无声息地吸食着无数人的灵魂。人类探索未知，永不餍足地追求着新科技。人类究竟想走向何方呢？

多么悲哀啊。韩克在心里哀叹。我应该也是正在被吸食灵魂的人群中的一个吧——如果真有灵魂的话。唯物主义者偶尔谈一谈灵魂应该也不是罪过吧。当唯物主义者谈论灵魂的时候，这个概念大概等同于谈人的精神，或者用这个词来加强一下修辞色彩。韩克自认为自己是唯物主义者。但是，有时他确实会严肃地思考起人是否真有灵魂这一命题。当父母去世的时候，他倒是真心希望在这个世界上，在这个宇宙中，真有灵魂存在。在地铁通道内随着人群默默前行的时候，他便再次想到了这个命题。

“你叫什么名字？毕竟以后是同事啦。”那个女孩走在韩克的旁边，似乎耐不住沉默气氛带来的尴尬，冷不丁嬉笑着问道。

“韩克。”

“哪个‘克’？”

“克服困难的‘克’。”

“名字挺古怪的。”

韩克抬了一下眼皮，习惯性地抬手扶了一下眼镜，无辜地看了那个女孩一眼。

“我叫柳诗云。诗歌的‘诗’，白云的“云”。叫我‘诗云’就是了。”

“名字很有诗意。你好！”

“你是哪个部门的？”

“行为预测部。”

“酷！这可是大部门，太令人羡慕了。我在网络安全部。我告诉你啊，本姑娘可是个超级黑客哦！”

韩克沉默着没有回应。

柳诗云瞪大眼睛看着韩克。她的眼神分明暴露了她的期待。她希望他能够再有所回应。不过，结果显然令她感到失望。

韩克只是低着头往前走。

“你这家伙，聊天也不会！”柳诗云追上韩克，笑着哼了一声。

两人很快走到N号地铁线的站台。刚好来了一班地铁。人还是很多。两人颇为费劲地挤上了地铁。

在N号地铁线的科技园站，韩克与柳诗云一起出了站。

韩克抬头看了看地铁口800米外的一栋大楼。那是他每天乘坐近两个小时地铁前来上班的地方。

那栋大楼是一个庞然大物，整体形状像是一个扣立在地上的黑色大鸡蛋——因为用了黑色的玻璃幕墙。据说这楼的外观设计是受伦敦某座旧式大楼的启发。如今，外观复古的建筑是一种潮流。这座黑色蛋形大楼高达99层，楼面办公面积40万平方米，内部装了200余部电梯，拥有800多个办公区。它是国内最大的人工智能公司、游戏公司秘境集团的总部大楼。从高度上看，它并不比上世纪上半叶建筑的摩天大楼高出多少。如果人类想把大楼建得更高，技术上完全是可以实现的。但是自上世纪中叶开始，这个星球上的人类开始反思，越来越多的人认为过高的摩天大楼存在着巨大的风险（如火灾、地震发生后造成巨大的人员伤亡风险以及易遭受恐怖袭击的风险等），而且经过风吹雨打，高昂的维护费用也令运维单位不堪重负。于是，人们便不再追求摩天大楼的高度，而将更多的精力转向如何使摩天大楼变得更加智能。以这栋黑色蛋形大楼为例，它已经实现了高度的智能化，其黑色的玻璃幕墙实际上具有吸收并利用太阳能的作用。大楼内的各种机械与电子设备运行所需的电力，靠着太阳能发电机与核聚变发电机产生的能量交替供给。也就是说，除了太阳能发电机，这栋大楼内还安置了一台微型核聚变发电机。这台发电机的点火温度高达两亿摄氏度。这个微型人造小太阳几乎可以带给这栋大楼无尽的能源。这个黑色庞然大物的顶层，可以如同花瓣一般张开，露出可以停靠飞行器的圆形天台。如今，人类已经可以乘着飞船或星舰，在地球和月球基地、火星基地之间往来飞行了。

秘境集团因其良好的政府关系和强大的财力，拥有在行星际开展业务的资质。前往火星的星际飞行，理论上乘坐星舰最便捷。但是地球上为数不多的星舰都归国家所有。民营公司的人员去火星，一般是先到火箭发射基地，从火箭发射基地出发，乘飞船到月球基地，再从位于月球背面的基地搭乘飞船前往火星。距A城2000千米就有火箭发射基地，秘境集团的人前往火星开展业务，便是乘坐商用飞行器前往那个基地，然后从那里开启途经月球的火星之旅。

韩克加入秘境公司还不到两年，并没有获得去火星开展业务的机会。不过，他并不羡慕那些去火星的同事，以前也许会，可是现在的他不会了。此刻，他站在地铁口，抬头茫然地仰望着秘境集团的黑色大楼。

“你的办公室在哪一层？”柳诗云问。声音很清脆，仿佛银铃在风吹过时发出的声音。

“41层。”说完，韩克又沉默了。

“你怎么不问我在哪层办公？”柳诗云因为韩克的冷漠有些生气了。

“98层。”

“你知道？”柳诗云有些吃惊。

“我知道你们那个部门。”

“不知为啥把这个部门安排在这么高的楼层。”

“也许是让你们这些超级黑客远离地面，让你们用更加丰富的想象力为公司服务。”韩克口气中略带嘲讽。

“嗯——这个解释倒是有些意思。尽管现在人类的足迹已经踏上过海王星，但是似乎想象力并未比一个世纪之前增长多少啊。也许人类的智慧真的有极限，是吧？你说呢？”柳诗云对韩克的话似乎并不介意，反而借题发挥起来。

“想象力与技术毕竟不是一回事。飞船的开发者可以设计出远征海王星的宇宙飞船，却不一定能写出《荷马史诗》。”

“哎哟，你还蛮犀利的嘛！人类受好奇心和虚荣心的驱使，争强好胜，不断探索深空，越来越远离地球生活。有时我也常常想，即便人类走出太阳系，再走出银河系，在那无垠的宇宙中，毕竟还是孤单的。多少个世纪，人类试图在茫茫宇宙中探索是否还有其他生命存在。可是，付出了无数的努力，深空中却只有永恒的空虚，连一星半点外星人的痕迹都没有。”

“你也不错啊，很有哲学思维。”韩克听女孩这么说，心里对她多了一点好感。

“谢谢夸奖。看来咱俩还蛮有共同语言的。加一下‘超讯’呗。我可要抓住机会向你讨教啊。”柳诗云嘻嘻一笑，冲韩克做了个鬼脸儿。

“超讯”是在上世纪上半叶开发的“微信”的基础上发展起来的，依然可以在手机和电脑终端运行，不过加“超讯”比加“微信”更方便。双方在点开手机“超讯”二维码的同时，手机屏幕后的前置微型摄像头便会自动启动，因此，只要双方将屏幕一对，便能自动确认匹配。

韩克用手指点了一下手机，与柳诗云互加了“超讯”。

或许这是出于礼貌吧。韩克心想。他并不觉得眼前这个年轻女孩之后还会联系他。

但是，他想错了，就在当天中午，柳诗云给他发了条“超讯”，约他中午下班时一起到位于60层的公司餐厅去吃饭。

“真不好意思，今天中午赶一个程序，我还是从食堂点了工作餐送到工位吧。”韩克虽然想与柳诗云一起去吃午餐，但是不巧今天确实赶上了一个急活儿。他没有说谎。

“那我给你买了饭菜送去。”柳诗云给他秒回了一条“超讯”。

“不用不用，这怎么好意思呢！”

“别客气啦。中午见。”

中午时分，柳诗云果然从餐厅买了饭菜给他送来了。

“日餐，生鱼片。我也没吃，陪你一起吃。”柳诗云一边笑着打开餐盒，一边天真烂漫地说道。

“你看新闻了吗？”柳诗云笑嘻嘻地问。

“出什么事情了？”

“记得今天早晨地铁上的急刹车吗?”

韩克不知柳诗云这话何意，只说道：“记得。”

“有条新闻里说，D号地铁线的一位司机向记者提供线索。那位司机在接受采访时说，他早晨在地铁D号线驾驶列车开往幸福里的途中——当时，咱们正好在那趟地铁上啊——那司机说，行车过程中，在隧道前方突然冒出了一个黑色球体。当时他大吃一惊，猛踩了一脚刹车，等他再定睛看时，隧道里的黑色球体已经不见了。司机还对记者说，因为那次急刹车，他遭到多位乘客的投诉。为了澄清事实，他必须借新闻媒体说个明白。你说诡异吗？你说会不会是那位司机产生幻觉了？”

“也许吧。”

“如果不是幻觉呢？”

“那就无法解释黑色球体去了哪里。”

“还有更令人吃惊的事情。你看看——”

说着，柳诗云打开手机，搜出一条视频新闻，点了进去。她将手机递到韩克眼前。

只见视频里有位中年女士说道："A城地铁司机看到的那个黑色不明球体，我也见到过，在今天凌晨两点半左右。昨天的事情很多，我加了个班，下班后乘坐夜班公共汽车回家。你知道，我们普通人，都是习惯坐公共汽车上下班的。我们不像那些有钱人，可以坐飞行器四处活动。我习惯靠窗坐。晚上人也不多，我还是按老习惯挑了一个靠窗的座位。当公共汽车经过省美术馆时，我从车窗向外看到，一个巨大的黑色不明球体悬浮在美术馆的上空。当时我真的吓了一跳，扭头想问其他乘客有没有看到那黑色大球。可是，当时车里没有几个人，靠这一侧车窗坐的只有我一个。等我安定心神，想用手机录下影像时，再看窗外，那个黑色大球已不见踪影。后来我想，也许是某种高科技的气象气球吧，也便不在意了。可是，当我看到A城地铁司机说出他的经历，我觉得我有义务把我所见到的也说出来。我虽然是个普通人，但是请相信我的话。我可是个诚实的人。请相信我。"

韩克看完视频，也觉得事情有些诡异，说道："这位女士也可能是在说假话。为了出名，有些人什么谎话都会编的。"

"这位女士不在A城，而是生活在距离A城上千千米外的J城。你觉得A城地铁司机接受了一个新闻采访，J城的一位女士受到启发便去编造新闻，这种可能性大吗？"

"不是没有可能啊。"韩克不服输，盯着柳诗云说道。

"好吧。说的也是。你这样盯着我看干吗？瞧你那呆样。快吃吧。"柳诗云朝韩克嫣然一笑。

韩克被她这么一说，不好意思起来，慌忙低下头，往口中夹了一块生鱼片。他很久没和别人如家人一般在一起吃饭了。柳诗云的热情和善意，让他感到一种久违的温暖。大概就在零点四秒或零点五秒这样的一刹那，他突然觉得整个世界都充满了甜味。接着，他感到一股芥末味强烈地刺激着他的嗓子和鼻子，一时间，他被呛得泪水满眶……

二

生物?

在与柳诗云相识的第八日清晨，也就是7月19日，韩克照常乘坐地铁去公司。这几天，每当他走进地铁，都期望能够再次邂逅柳诗云。他内心的期盼，也改变了他看周围世界的眼光。现在，他连看到广告牌上的广告女郎，都会想起柳诗云的样子。不过，他显然没有这样的好运气。今天，在地铁里依然没有遇到柳诗云。到了公司，他恍然若失地挤入已经很满的电梯。出了电梯，他像往常一样扫视了一下工作区，发现几乎所有人都已经到了。这层楼分隔出十来个正方形的工作区，每个区域大约100平方米，三边立着蓝灰色隔板，一边敞开着。在这百平方米的区域内，办公台被固定在隔板上，台面上摆放着数台电脑，还有各种零碎的办公室设备和常用物件。不过，每个正方形的区域内，只有两个人，还有一个与人等身高的机器人。22世纪下半叶的人，已经习惯了非线性的工作方式，一个人在一个时间段内能够同时处理很多件事情。

一切看起来井然有序，但韩克发现今天的气氛有些异常。因为，在他走向自己那个工作区的时候，几乎所有人都在抬眼看他，仿佛看到一个陌生的怪物突然闯入他们的空间。

莫非发生了什么事情?

韩克心里暗自嘀咕。他走到属于自己的那个工作区，这个区位于楼层的西北角，坐在工位上，抬眼便可看到玻璃幕墙外的风景。

“胖子！为啥这样看着我？”韩克问自己的搭档陈海王。陈海王出生那年，人类——准确地说是一位X国航天员率先登上了海王星。这无疑是人类历史上的又一个壮举，令许多人兴奋不已。陈海王的父亲因此给自己刚刚出生的儿子取名为“海王”。

“啥啥啥，你没看到我眼里尽是羡慕的眼神吗？”胖子陈海王眯着小眼睛，摇晃着一张胖脸，调侃着说道。为了装酷，他留着山羊胡须，脸胖嘟嘟的，永远是一副鼓着腮帮子的样子。

“别卖关子了。”在自己的搭档面前，韩克说话显得自在多了。

“刚刚‘魔头’的秘书来过了。”

韩克知道胖子说的“魔头”是指秘境集团的首席执行官麻青山。这位首席执行官对待下属严格苛刻，因而得了那个可怕的绰号。

“他的秘书亲自来的？”

“正是。来找你的。”

“‘魔头’派秘书来找我？不可能吧。”

“还能骗你。看样子是发生了什么事情，说是让你到了后，马上去99层一趟。据我所知，似乎从没有普通员工到过99层。‘魔头’的办公室在98层。那苏秘书脸上可是一副紧张兮兮的样子。”

“为什么不通过内部通信系统？”

陈海王耸耸肩，摊开双手，眯着小眼睛，笑了笑。

难道是要解雇我？即便要解雇我，也可以用内部通信系统找我上去啊。

韩克感到一种前所未有的强烈的不安从脚底一直涌上头顶。*一定是出了什么事情！*他将双肩包放到自己的座位上，冲着机器人马克点了点头，然后便向盥洗室走去。他在洗手盆前站住，用双手撑着洗手盆的边缘，定睛看着镜子里的自己。镜子里的那个人，看上去三十五六岁，实际上是三十一岁。那个人，头发有点乱，戴着一副廉价的黑框眼镜，一张瘦削的脸线条分明，两道浓眉下，一双眼睛布满了血丝，显得有些睡眠不足。那个人身上穿着一件军绿色的廉价夹克，那种颜色有点像青虫的表皮颜色。韩克这时候懊恼地想，我怎么买了这样一件夹克，旋即又用一个可笑的念头来安慰自己——*至少不会变成蛆和蛇*。夹克里面穿着灰色的T恤，脖子上挂着公司的出入证。那副模样，再普通不过了。镜外人盯着镜中人看了五秒钟后，这才将双手放到水龙头下。水流了出来，他双手掬起水，将水泼在脸上。好冷的水啊！他洗了一把脸，用手上下抹了两下，又抬起手臂，用袖子擦了擦。

韩克回到自己的座位上，盯着昨天下班时留在办公台上的笔记本。笔记本摊开放在那里，与昨天离开时一模一样。他拿起笔记本，抓起一支铅笔——他一直喜欢这种原始的记录方式。胖子因此认为韩克患有一种复古强迫症，或者是对现代科技具有潜在的抵触心理——尽管韩克是一名程序员，也是一名工程师。好吧，99层。韩克在笔记本上写下了99，又在这个数字上画了一个圈，然后将笔记本和笔往台面上一扔，飞快地站了起来。

乘电梯到了99层，电梯门打开后，韩克看到的是一面金属墙。看来，真是几乎没有人来啊。韩克险些一头撞上去。他苦笑了一下，呆呆站在电梯里，正在迟疑间，只见那面金属墙悄无声息地慢慢向上升了起来。首先露出来的是一双穿着黑色高跟鞋的修长的腿，然后才是曼妙的腰身，最后，首席执行官的秘书苏小姐的笑脸露了出来。显然，她已经知道韩克要上来。韩克对此倒并不太吃惊，他知道电梯里安了监控。

“请跟我来。”苏小姐朝韩克微笑着说。

韩克察觉到她的微笑有些僵硬，显然是因为紧张所致。他点了点头，算是对苏小姐的一个答复。

于是苏小姐一转身，带着韩克，拐入左边的走廊。

走廊的地上铺着深灰色的地毯，踩上去没有发出一点声响。

苏小姐沿着长长的走廊走了大约100米，来到一个暗黑色的大门前，这才停住了脚步。韩克注意到大门上嵌着一个金属的银色伞状标志。这个标志是十年前开始在世界上推行的，意思是此地已经屏蔽无线电信号和各种网络信号。

现在，韩克明白了首席执行官为何不通过内部通信系统找他。一定是有什么重要的事情发生了！这次，他非常肯定。但是，究竟发生了什么事情呢?

门开了。苏小姐侧身站到门边，伸出手，做了一个请进的动作。韩克迟疑了一下，方才迈步走了进去。苏小姐消失在关闭了的大门后面。

看来这是一间多功能会议室，大约有200平方米，却没有一扇窗户。会议室有两个区域，其中一个区域摆着一张巨大的灰色硅基材料制作的会议桌。会议桌的桌面上还有几排按钮。它看起来非常坚硬结实，同时也散发着一股冰冷的气息。会议室另一个区域的中间部位，是一个工作台。会议室的墙上，布满了大小不等的屏幕。

韩克看到会议桌两侧，各坐了两个人。对着大门的两人见到他，都抬起了头，另外两人，则不约而同地扭过头来。四个人都穿着深色西服，打着领带，西服款式都是自上个世纪上半叶开始流行的经典款式。虽然经过了一个多世纪，但是这种风格依然被人们所喜爱。这种款式的西服，仿佛是一个重要纽带，将人们与过去稳妥地联系在一起。此刻，会议桌前的每个人面前，都摆着一摞文件。四人当中，韩克只认识一个——集团的首席执行官，绰号叫“魔头”的麻青山——他在公司的电子屏幕上见过这张严肃的脸。此时，麻青山正抬头盯着他。这位大人物的脸，看上去和他面前的硅基会议桌一样，冰冷坚硬。他的脖子上系着一条酱红色的厚领带，韩克觉得它就像一块切成长条的巨大的猪肝。他对这位首席执行官的审美水平真的很难恭维。不过我也好不到哪里去，韩克下意识低了一下头，看了一眼自己身上那件廉价的军绿色夹克。

“韩克。”“魔头”有点夸张地喊了一声。打招呼的方式简单、直接、生硬。

韩克沉默地点了点头。

扭头看着韩克的两个人中，有一个推开凳子，利索地站了起来，向韩克伸出了手。

“萧剑锋。韩博士，幸会！”

韩克看了萧剑锋一眼，犹豫了一下，方才伸出了手。他感到对方握手时很有力。

“坐下吧，韩克。”“魔头”冲萧剑锋旁边的一个凳子指了指。

看样子他们一直在等着我来。

韩克坐了下来，心中有些忐忑不安。

“韩克，给你介绍一下，我身边这位，是国家太空司令部的参谋长王宽上将。刚才与你握手的那位，是太空司令部下属第一太空旅的萧剑锋中校，”“魔头”说道，“萧中校旁边那位，是第一太空师的程远征上校。”

王上将、程上校这时向韩克点了点头。

国家太空司令部！

听到这个机构名字，韩克不免大吃一惊。国家在上世纪上半叶便成立了火箭军，到了上世纪80年代初期，又成立了太空军，由太空司令部负责指挥。太空军的主要使命是维护国家安全，同时与世界各国的太空部队合作，保卫地球的安全。太空军除了参与星际飞行探索的活动，也具有深空作战的能力。依靠改进型的氢动力引擎，太空军的星舰以火星为基地，可以远行至太阳系的边缘。

“就由萧中校来详细说说吧。”王宽上将语气平静地说道。他的头发已经全白了，方脸上满是皱纹，虽然没有穿军队的制服，却从骨子里透着职业军人的威严。

萧剑锋中校听了王宽上将的话，用军人的姿态点了点头。

“韩博士，我们需要你的帮助。”

“我的帮助？我不过是公司里的一个普通工程师而已。”韩克感到异常吃惊，苦笑了一下。

“你先听我说。脑电波远距测试仪是你发明的吧。秘境公司将这种仪器装在真人游戏装备内，配置了测试仪的玩家会在游戏中增加胜算。你所不知的是，秘境公司也与我们军方有合作。脑电波远距测试仪经过一定的改造，也被安装在军队特种战士的头盔内。几年来，你发明的仪器，在军方的多次行动中发挥了作用。”

韩克对公司将自己的发明私下授权军方使用的做法感到不满。他加入公司的时候，公司的说法是这种测试仪只用于游戏和相关民用事业，现在萧剑锋的话让他有种被欺骗的感觉。韩克发明的脑电波远距测试仪是一种生物电流感应和采集装置。大脑在活动时，脑皮质细胞群之间会形成电位差，从而在大脑皮质的细胞外产生电流，这种生物电流非常微弱。长期以来人类对脑电波监测进行了深入研究，并广泛运用于临床实践。不过，韩克认为既然生物电流存在，就有可能在量子级别上“捕捉”并分析大脑活动时产生的生物电流。为此，韩克发明了一种量子摄像头，然后将这种量子摄像头作为测试仪的前端，利用量子纠缠原理，来实现对大脑活动时产生的生物电流的量子级别的“捕捉”并生成模拟“映像”。因此，脑电波远距测试仪外观看起来像是一部微型摄像机，它可以被安装在游戏装置和战士头盔内部。

“好吧，那又怎样？你们不是已经在用了吗？”韩克没好气地说道，下意识地扶了一下眼镜，以掩饰自己的不满情绪。

“可是，现在它遇到了难处。我们也许需要一个升级版。甚至——我们需要它的发明者参与工作，去对某物——权且这么叫它吧——对它的属性做出判断，如果可能，再对它的思维——作出预测。”萧剑锋说道。

“它？它的属性？什么意思？”韩克从凳子上微微直起了背。

“我们希望通过你的发明，搞清楚它是人还是物——比如，某种机器人。”

“我的发明，只能扫描和记录人的脑电波。如果它——属性不明，我真不知那测试仪是否有用。我已经说了，我只是一个普通工程师而已。”

“不，你不仅仅是一个工程师。我们查过你的档案，你博士期间研究的是粒子物理学，你导师对你评价甚高，而且，你写过几篇重要论文，比如《论引力论和量子论在微观世界的协调以及这种协调在宇宙中的表现》《白洞的性质》等。”

“不，你过奖了，那顶多是两篇猜想，尚无科学实验的证据。”

“你还挺谦虚的嘛。”

“我说的是事实。”

“你在宇宙物理学和粒子物理学方面很有天赋。我们不知道你为何最终在择业时放弃了这个领域，而去做脑电波测试和行为预测的工作。不管怎样，你的工作依然很出色。现在，我们仍需要脑电波分析、行为预测的专家，也需要粒子物理学家和宇宙物理学家。你发明的脑电波远距测试仪，还有你那几篇论文，就是我们找到你的原因。”

“我不知道是否能够帮到你们。”韩克说道。

萧剑锋的眉头皱了起来。他扭过头沉默地看了王宽上将一眼。王宽上将冲他点了点头。

“好吧，说真的，我接下去说的暂时还是绝密信息。我们需要你帮忙进行脑电波测试的，是——或者是外星人，或者是外星人操控的飞船。在事态进一步发展前，我们必须尽早搞清楚，它究竟是什么，它从哪里来，它来地球的意图是什么。”

说话间，萧剑锋站起身，往会议室的另一个区域走去。王宽上将、程远征上校和“魔头”麻青山此刻都站了起来。

韩克感到了一股无形的压力，也跟着立起身。他跟着萧剑锋往会议室的另一边走去。

萧剑锋走到工作台前站住了。

工作台表面其实是一块巨大的液晶屏。萧剑锋在液晶屏上一点，屏幕亮了起来，显示出很多闪亮的几何图形和字母，将屏幕分为十余个功能区。

萧剑锋抬手在一个绿色的光圈处点了一下。液晶屏上方的空间中瞬间出现了一个全息图像。

一个球体悬浮在半空中。当然，它现在只是一个全息影像。它的颜色——如果一定要用一个词去形容的话，那就是“黑色”。这是一种非常诡异的黑色，黑色中似乎还流动着其他颜色。至于这个球体，它的材质究竟是什么，却不好判断。

“这是什么？”韩克睁大了眼睛，心头升起了一丝寒意。他突然想起了那天中午柳诗云说的话。地铁司机在车头前方的隧道里看到一个黑色球体。

“军方的科学家已经多次观测它，至今无法做出明确的判断。它第一次被军方观测到，是在昨晚，它出现在H城碧玉湖的湖面上。为了避免引发大恐慌，我们暂时控制了新闻发布，删去了所有目击者私自在万能网上发布的关于它的照片与文字内容。”

“碧玉湖？”韩克吃惊地反问道。

“是的，它就静静地悬浮在碧玉湖的湖面上，距离湖面大约

60厘米。”程远征这时插了一句。

萧剑锋指着全息影像，继续说道：“当时是晚上八点，碧玉湖边上有几艘游船很快注意到了它。因为这东西并不算小。”

“你们测量过了？”

“过一会儿你就知道我为何这么说了。它第一次出现后，军方接到情报，很快就派人赶到碧玉湖，在湖面上一定距离外对它进行了观测。我们还不敢贸然靠近它。”

“会不会是某个发明家的恶作剧？现在的技术，制造一个能够悬浮于湖面或者半空中的球体并不难。”

“不，我们已经排除了这种可能性。”萧剑锋说着，走到会议桌旁，拿起桌上的一个黑色文件夹，又走回工作台边。

“这是两份观测报告。你先看看。”

韩克的好奇心现在已经被激发起来，他接过那几份文件，打开文件夹，低头看了起来。

2199-07-17 8:26 p.m. 记录报告

远距离探测发现它没有核辐射。于是，我们穿上了防化服，决定靠近它进行观测。我们乘着气垫艇很快接近了不明球体。因为不知那东西究竟是何物，为了安全起见，我们先在距离它大约200米处的地方停了片刻。在那个距离，我们同时用肉眼和红外望远镜进行了观测。它似乎一动不动地悬浮在那里，仿佛绝对静止了。碧玉湖的夜晚，湖边的灯光能够照到这片区域，所以我们可以看到它。假如没有光，我们恐怕是不会看到它的。因为它的表面颜色应该是黑色，而且非常黑。它的表面看上去非常光滑，而且致密无比，似乎是金属的，但又有点像是硅基的物质。事实上，我们无法通过观察看出它是什么材质的。不知为何，我们在观察它时，有一种莫名的恐惧感。它就在那里无声地悬浮着，没有任何移动。当时湖面上是有风的，而且是不小的风。但是我们注意到，它真的没有一点晃动，更没有一点移动。我们猜想，它有着很大的质量，所以风无法移动它。可是，它是悬浮在空中的，如果在真空中，一个大质量的物体，在没有任何外力的情况下，它确实可以一直在原处悬浮着一动不动。不过，碧玉湖湖面当然不是真空的。那么它一动不动地悬浮在湖面，是怎么做到的呢？它的内部是由某种机械力在操纵着吗？我们无法判断。如果不是机械力在操纵，那么它靠什么力量悬浮在那里呢？我们很快都想到了这一层。我们不敢往下想，决定继续靠近一点观察它。

2199-07-17 9:12 p.m. 记录报告

依然没有检测到核辐射。这多少算是一个好消息。我们从气垫艇上放下一艘橡皮艇，划着桨慢慢靠近不明球体。之所以改乘橡皮艇，是不想发动机的声音产生干扰。我们觉得，应该尽可能不去惊动它。因为我们尚不知它里面是什么——如果它里面有什么的话。过了一会儿，我们不再划桨。橡皮艇漂浮在水面上。在这个距离，我们可以清楚地看到它了。与我们人类相比，它是一个庞然大物。目测它的直径大约有30米。它的表面非常光滑，被湖上的光照着，反射着幽幽的光。这种光是一种深沉的黑色反射出来的。但是，它太黑了。虽然它是球体——这是很明显的，但是却给人一种面临深渊的感觉。它看上去既是一个球体，又是一个无尽的深渊。那种感觉太不好了。抱歉，我在这份报告里带入了更多的个人感受。但是，我想，作为一个人，在对它——一个不明物体进行观察并做出判断时，心里的感受是非常重要的一部分。可是，我们又怎样去判断它呢？之前，在距离它200米处，我们觉得它像是金属的，有时又像是硅基物质。现在距离它更近了，如果从它的球心画条垂线到水平面，那么我们距离那条垂线有50米左右，或者说，我们实际上就快钻到它的下方去了。在这个距离，它给我的感觉，还有给我的队员的感觉，像是某种碳基生物。这是我们的错觉吗？我们希望等天亮之后继续进行观察。在我们观察它时，它还是悬浮在那里一动不动。我们取出无人机，无人机配置了测量仪。无人机飞到了不明球体的上空，测出它的直径竟然是31.415926……米。我们认为，它的直径长度应该是10π米。当看到这个数据时，我们惊呆了。如果真有上帝，这是上帝与我们开的一个玩笑吗？为什么偏偏是10π米呢？它想暗示什么？正当我们惊疑不定时，我们当中有人注意到它的表面似乎出现了流动的漩涡，不过，它依然还是球体，一个非常完美的球体，只不过表面似乎在流动，黑色的流动的漩涡。当时，我感到自己全身寒毛都竖了起来。一个念头冒了出来，莫非它是外星生物？某种外星生物突然光临了地球？正当我满怀惊惧，迟疑着下一步该如何做时，它突然消失了。无声无息地，就那么突然消失了，消失得一点踪迹也没有。那种感觉让我毛骨悚然。我的队员们也同样感到了恐惧。方才经历的一切，仿佛是奇怪的梦，却残留下难以抹去的恐惧的阴影。它曾经就这样出现了，显得如此简洁，如此纯粹。它是怎样出现的？它又是怎样消失的？我们一无所知。我们在湖面一直待到第二天凌晨。它再也没有出现。

韩克读完第二份报告，呆立在原地。不知何时，他的额头已经冒出了冷汗。他下意识地推了一下鼻梁上的黑框眼镜，喃喃道："它如此简洁，如此纯粹，就像数学公理，隐含地定义了某些词语。只是，它究竟包含了什么呢？"在这里，我们不知道自己在谈论什么，也不知道我们所说的是否为真。

王宽上将的瞳孔仿佛突然亮了一下，声音沉沉地问道："什么？你想到什么了？"

"没什么。"韩克摇摇头，思绪还沉浸在对黑色不明球体的想象中。

"那边，还有一些报告。"萧剑锋说道。

"萧中校，你刚才说它第一次出现，这么说，它后来又出现了？"韩克问道。

萧剑锋用手摸了一下下巴，声音沙哑（显然昨晚没有休息好）地说道："是的。7月18日上午，它又出现了，其实，我们不敢确定是否是它，或者是它的同类。因为，它的大小有变化。后来的测量显示，这次它的直径是20π。不管是它或它们，让我们权且称它为黑色不明球体吧。这次，它出现在S城博物馆的上空。如果它是靠飞行前往那里，这个速度也不算快。令人奇怪的是，它为什么选择S城博物馆。它是有什么目的吗？这次，我们的科学家们使用了能够搬运过来的各种大型设备，对它进行了多次探测。但是，令人遗憾的是，不管使用何种设备测试，科学家们都无法判定它究竟是什么。我的意思是，连它是由什么元素组成的这样看似基本的问题，我们都弄不清楚。在远距离进行探测，我们用任何设备都无法弄清楚它的内部结构。它能被我们看到，但是，在仪器的探测中，却仿佛不存在一样。这不符合目前所知的任何物理理论，电磁理论、狭义相对论、广义相对论、量子力学、量子动力学、弱电统一理论、大统一理论、超统一理论，没有一种理论能够对它做出解释。它究竟怎么会出现在我们这个星球上，又是从哪里来的，谁都说不出一二。它可以有效地对抗地球重力，可以自由地移动，按照物理理论——不论哪种——来解释，它都受到某种作用量的作用。可是，为何仪器测试不到？作用量来自何方？它的内部，还是外部？它是非生物，还是生物？科学家们绞尽脑汁也未能给出答案。它就像一个不存在的事物，却偏偏被我们看到了，还不怎么安分。最后，我们决定再次冒险，派出观察组与武装人员一起向它靠近。观察组与武装人员一起，乘坐直升机，试图对它进行近距离的观察。它悬浮在S城博物馆上空200米，像是一个黑色小太阳悬浮在那里。它引起了市民们不小的恐惧。这是可以理解的。尽管当地政府很快发表了安抚市民的声明，但是为了安全起见，政府与军方还是做好了城区范围内的人员尽快撤离的预案。一旦有什么危险征兆，政府便会下令撤离。我们开始担心它的意图。但是，它悬浮在半空，还是一动不动。我们的科学家开始假设它是某种生物。直升机在它上方30米处悬停。特种兵少校韩少杰穿着防化服，按照命令，身系吊索，慢慢向它接近。少校的任务是尝试同它进行接触——准确地说，是尝试碰触那个不明球体。但是，当少校距离它大约50厘米时，它突然再次消失了。它似乎不想与我们接触。刹那间的消失。没有任何声音，没有任何征兆，就那么消失了。”

萧剑锋中校说到此处，瞪大眼睛，沉默下来。

“所以，你们假设它是某种生物，想在碰触它之前，先对它的‘脑电波’，或者说对它的意图进行探测？如果它有意图的话。”韩克说道。

“它迫使我们必须做出反应。自从在S城博物馆上空消失后，它先后又在多个地方出现，不仅是在我国，在世界各地也出现过。不论大小城市或农村，连戈壁沙漠的上空，它也一样光临。不过与之前两次不同的是，此后它都在距离地面500米以上的空中出现，各国政府为了避免大恐慌，达成了封锁消息的协定，先是在万能网和所有媒体上都删除了有关“不明球体”的关键词及相关内容；随后不得已又发出消息称，黑色不明球体乃是未来装置艺术家创作的一个艺术品，正在全世界巡展。我们已经记录了它出现的所有地点，并用电脑按它出现的先后次序画出了轨迹，电脑的分析没有发现其运动轨迹存在显著的模式。同时，各国政府也开始秘密部署采取军事手段对其进行打击。只是，没有谁敢轻易动手。因为，我们对它究竟是什么依然一无所知——”程远征上校没有说下去，脸色沉了下来。他最后那句话，无意间制造出一种异常紧张的气氛。这时，他似乎意识到气氛过于凝重，便伸手在工作台的电子屏上一点，一幅展开的全息世界地图出现在工作台的上方。全息地图上，布满了密密麻麻的点和发着微光、乱麻一般的连线。

程远征上校接着说：“它也许早已经预料到自己会被观察，所以地点的挑选以及运动的轨迹，似乎都是随机的。这是军方自17日第一次观测之后，对它运动轨迹的跟踪。严格说，不是真正的运动轨迹，只是将它在某个时刻出现在某些位置的点按照观测到的次序连了起来。”

“嗯，也就是说，它的出现是不可确定的。所以，你们决定跳过从运动轨迹的分析，直接去探测它的意图，将它视为某种智慧生物？”韩克想到了地铁里匆匆向未来奔跑的人群，顿时感觉到自己的神经已经绷紧了。

“正是。所以我们找到了你。”王宽上将用平静而威严的声音说道。

“可是，我的发明只是针对人类的大脑进行设计的。至于那个‘大脑袋’——”韩克张开双手，比画了一下，一脸无奈。

“这个我们自然知道。我们希望你对自己发明的那玩意儿进行改进。”萧剑锋接过话头，不容置疑地说道。

“你们的期望过高了。”韩克苦笑了一下。

“韩克，你别磨叽了。实话告诉你，这次不是与你商量，是要求你加入。你将与几位顶级的宇宙物理学家、心理学家、航天员以及特种战士一起工作。你的发明，或许能在这次行动中发挥更大的作用。对了，你的助手，也要一起参加这次行动。”麻青山这时大着嗓门插嘴说道。

“忘了告诉你，你们的麻总，另一个身份是太空司令部的前特勤处长，太空军星舰前舰长。秘境集团实际上是太空军投资的一部分，日常以民营公司进行经营，必要时转为战略后备军。这要感谢你们麻总在退役后依然心系国防，想尽办法想为国防做贡献。”王宽上将这时插上一句。

太空司令部的前特勤处长？！难怪秘境集团能够获得如此多的政府支持。韩克暗暗吃惊。

那个黑色不明球体的形象在韩克的脑海中一闪，他全身不禁哆嗦了一下。直觉告诉他，他害怕参加这一行动。但是，那个黑色的影子，又仿佛有着巨大的魔力，紧紧揪住了他的好奇心，而且似乎还激发出了他内心一种隐秘的希望。

我究竟在害怕什么，又在期望什么呢？韩克将视线转向王宽上将，问道：“也有航天员参加这次行动吗？”

“是的。今天凌晨，土星轨道上的空间站和火星基地都传来量子信息。黑色不明球体应该先后光临了土星轨道和火星基地。这几次出现的黑色不明球体，大小都不一样，但其直径都是π的倍数。出现在太空中时，它变得非常巨大。等等，我刚才说，它先后光临土星轨道上的空间站和火星基地上空，那是一个猜测。我们认为，出现在各处的不明球体，可能就是一个，它只不过是故意通过直径大小的变化向我们暗示着什么，或者是对人类发出一种警告，告诉我们，它的智慧与力量非人类可及。因为至今还未有黑色不明球体同时出现在太阳系内的两处位置的报告。可是，在短时间内，如果它一会儿在地球出现，一会儿又在土星、火星出现，那么它的空间移动速度应该是极快的。”

“它或许正在观察我们人类创造的文明。”韩克将出现在自己意识中的念头说了出来，“如果它只是宇宙中的访客，偶尔路过一下我们的太阳系，或许是无害的。我们也许不该做出反应。”

“现在不可能了。今天凌晨两点左右，黑色不明球体向Y国在土星轨道附近的一艘飞船靠近，Y国人感觉到了威胁，率先向黑色球体发起了攻击。据飞船在最后时刻发回航天局和Y国太空司令部的量子信息显示，他们的攻击对黑色球体没有产生作用。黑色球体体积暴涨，并继续向他们逼近。随后，这艘飞船便失去了与地球的联系。那个黑色不明球体也暂时销声匿迹。Y国航天局与世界探索宇宙委员会分享了飞船发回地球的信息。经过我国国防部与太空司令部研究，已经提高了我们的主力星舰在火星基地的战备等级。”

“您的意思是，在我们尚未明白黑色球体是什么之前，就可能面临一场星际战争？”韩克问道。

“不，没有谁喜欢战争，更别提星际战争。我们的目标是和平。我们要寻求与那怪物的接触，尝试沟通。这也是为什么我们找你的原因。但是，Y国方面已经在准备进行还击了。在不可思议的大战爆发前，留给我们的时间不多了。如果我们能够了解它，或许可以避免一场前所未有的可怕战争。”

这时，门铃突然响了。会议室内的众人一时间默然不语。

麻青山一愣，扭头看了一眼会议室侧墙靠门处的门禁电子屏，屏幕上显示出苏小姐的头像。麻青山抬手按了一下会议桌上的一个按钮，会议室门开启了。

“总裁，快打开屏蔽墙看外面！”苏小姐面色苍白，露出恐惧之色，仿佛被什么吓坏了。

麻青山手一动，下意识地按了一下会议桌上的另一个紫色按钮。只听“吱吱——吱吱——”的金属轨道滑动的声音，会议室的一面墙缓缓打开了，露出了后面的玻璃窗。

会议室内的众人往窗外望去，顿时无不目瞪口呆。

在窗外不远处的天空中，悬浮着一个巨大的黑色球体。它一动不动地悬浮在那里，仿佛天空中的一颗巨大眼珠子，正死死盯着会议室内的人们……

三

来地球后的思想片段 1

真是没有想到，我竟然这么快学会了用地球人的语言来思考。当然，现在我正在用地球人的语言之一——中文——在思考着。我首选这种语言作为思考工具，恐怕是因为“道生一，一生二，二生三，三生万物”这句古老的话吧。其中的逻辑，倒是与我们的思维运转特征有着类似之处。在地球人另一种语言表达中，指出只需从三个符号开始：一个符号表示“零”，一个符号表示“数”，还有一个符号表示“后继”，就可以发展出一套公理系统，也与我们的思维运转特征有点类似。只不过，我们的思维运转已经完全逻辑化了，无比简洁，无比高效，无比完美。不是地球人的思维能够比的。可是，真没想到啊，我竟然也很快学会了英语、俄语、德语、西班牙语，要不是带着来自母星的伟大的使命，我怎么会去学地球人这些古老而笨拙的语言呢！好吧，地球人的古老语言都没有难住我。用地球人一度流行的话说，连我自己都感到有点飘了。“飘”这个词真是一种形象的表达。所有地球人的语言，在我看来，都太古老，太原始了。粗糙，是的，可以说是粗糙的。我用地球人的语言，完全不能充分地表达我所思考的。能表达十万分之一，百万分之一，还是千万分之一？得了，总之，是在结结巴巴地表达。不过，既然我来到这里，要完成我的使命，还要与地球人进行交流，那就勉强受点罪吧，这些古老的语言，虽然原始，但是表达一些粗浅的意思还是没问题的。人类第一次看到我，一定是惊呆了。那种物质，地球人叫它“水”。我飘飞——等等，也不知道这个词这么用是否合适——先这么用吧——当我飘飞在水面之上时，人类看到了我，他们向我靠近，他们想要干吗呢？他们是否知道我到地球的目的呢？那时，我没和他们纠缠，现在想来还是正确的选择。对，“选择”，这个词用得很好。啊，古老的语言，竟然使我的思维变得迟钝，迟钝了何止千倍万倍啊。摆脱了地球人的靠近，我才有时间去考察地球上的一切。有那么多的物质和食物，是我那永生的、伟大的母星所没有的啊。下面这座丑陋的建筑，我该拿它怎么办呢？我从不远的火星回来，找到了它，降临在它的上空。现在，我该怎么办呢？我得完成我的使命。用地球人的话说，是的，我得完成我的使命……

四

悬浮者

“它又来了。”“魔头”麻青山神色肃然地望着天空中悬浮的黑色不明球体，口中喃喃道。

韩克皱起眉头，说道：“之前，通过远距离探测，我们的任何设备都无法弄清楚它的内部结构。我们可以看到它的外形，仪器可以测量它的大小，却无法弄清楚它的内部结构和构成它的物质的性质，它存在着，却又仿佛不存在一样。有一种可能性，那就是构成它的粒子，比我们现在所知的粒子都要小。而它，通过某种技术，使我们只能够从整体上看到它的外形。它只在想要被我们看见的时候被我们看见，从而制造一种类似神的降临感。”

萧剑锋嘴角抽搐了一下，说道：“你的意思是，如果它是有意识的，它的整体，由比夸克、超弦还小的粒子构成。构成它的极小的粒子，可以穿过任何东西。我们刚才的议论，有可能被它窃听吗？”

“如果猜测是真的，那就意味着它可以穿越任何东西。”韩克说道。

韩克的这句话，令室内众人如同坠入冰窖。

韩克意识到他方才那句话所产生的消极作用，过了片刻，仿佛一边思考，一边说道："当然，刚才说的只是一种猜测，它始终以球体的方式存在，或许并不会发射极其微小的粒子来探秘。它的出现，只不过是对地球的再次光临。可是，它为什么会出现在那里呢？"

室内一片寂静。

突然，韩克像想起了什么，继续说道："如果不是偶然，那么一定有什么原因。它在四处出现，或许是为了观察我们人类，或许在寻找着它想要寻找的东西。地图。可否再让我看看那幅记录了它行动轨迹的地图。"

萧剑锋有点吃惊地看了看韩克，旋即伸手朝工作台的屏幕上点了点。

那幅全息地图又似幽灵般显现出来。

韩克盯着地图上的点和密密麻麻的连线，嗫嚅道："随机的，没有任何规律……沙漠、森林、城市、乡村……S城博物馆……土星、火星……它不仅是在对地球全面地进行观察……而且，而且——"

他猛然一抬头，扫视了一下会议室中的众人，大声说道："黑色不明球体，它不仅是在全面地观察地球和人类，而且，它很可能——还在为了达到某个特定的目的在学习、感受我们人类——现在，它出现在附近，如果它是从土星或火星赶回来的，那它一定是为了某个特定的目的。就像某个人，心里虽然有目的，但一开始却不知如何入手，所以撒大网，撞大运，四处摸索，然后，在某一刻，这人突然想起来了什么，便决定从某处入手。它或许已经想到了什么，所以又从土星或火星赶回地球，真是不辞辛苦，即便数千万千米，它也要回来。有谁知道，现在它悬浮之处的下方是什么地方吗？”

韩克这么一问，“魔头”麻青山一愣，说道：“从距离估计，它的下方，是世界探索宇宙委员会的总部大楼。”

“王上将，您刚才说，Y国飞船在失联前，曾向航天局传输量子信息，而航天局又向世界探索宇宙委员会传输了信息。是吗？”

“你想到了什么？”王宽上将问道。

“也许，那家伙是追着量子通信的信息前来的，试图进行物理破解。”

“那为什么它不光临航天局？”萧剑锋插嘴问道。韩克的话令萧剑锋大吃一惊。他知道“物理破解”的含义。虽然量子通信的数学破解是不可能的——至少对于地球人是这样，但是物理破解意味着那个不明物有可能直接侵入量子通信的设备。对于黑色不明球体，地球上的所有规则可能都形同虚设，如果它没有耐心进行物理破解，它甚至可以对它的目标进行直接摧毁。

韩克被萧剑锋这么一问，也呆住了。他将视线转向全息地图，再次陷入沉思。

突然，程远征开口说道：“按照协议，世界各国的航天局都有责任与世界探索宇宙委员会分享信息。委员会总部大楼的超级电脑，汇聚了全球的宇宙探索数据。或许，黑色不明球体正是因为这个返回了地球，专门光临了世界探索宇宙委员会。”

“上校的意思是，世界探索宇宙委员会总部大楼内有它想要的东西？”麻青山问道。

“不是没有可能。”程远征锁着眉头说道。

“虫洞。虫洞试验计划！难道它是为虫洞试验计划而来？”韩克突然想起了七天前看到的那条新闻的标题。世界探索宇宙委员会讨论启动制造虫洞的试验。

“你以为那家伙也刷手机不成！它怎么会知道所谓的虫洞试验计划？人类的语言又不是全宇宙通用。多少年了，人类通过无线电向宇宙空间不断发出问候，得到的回应不过是无尽的空虚。”麻青山有点不以为然。

“能不能这样设想，黑色不明球体最初来到地球时，并不了解人类，但它在地球上四处活动一番后，便决定去太空会一会人类高级智慧的结晶之一——星际飞船。当Y国的飞船出于恐惧而向其发起进攻，并向地球回传量子信息时，那个黑色不明球体便追着量子信息，发现了人类最为重要的宇宙信息数据库就在那栋大楼内。难道这没有可能吗？”韩克说道。

“它莫非企图通过控制最重要的信息来了解人类、控制人类？”萧剑锋若有所思地说道。

“难道没有可能吗？人类的信息已经接入了万能网。脑机对接这种技术已由各国政府批准对少数人使用——尽管只准接入电脑，不准下载。既然连人都能对接电脑，外星的智慧生物要读取数字形态存在的信息，恐怕并不难。当然，我说的这些都是猜测，拼图上还有很多空白等着填充。也许，我们首先要尝试弄清楚它是从哪里来的。我相信，它不辞辛苦地从土星回到地球，出现在世界探索宇宙委员会总部大楼的上空，绝不是偶然……啊，不，之前我的说法也许是不准确的。我们也许不该说那个黑色不明球体在运动，说它处于运动状态。也许我们该说，它于某时在某处，而于他时在他处。比如，在某时，它在土星轨道附近的某处，在另一时刻，它在火星附近的某处。描述黑色不明球体的运动状态，我们应该从芝诺和魏尔斯特拉斯那里获得启发……等等，根据它的运动状态来分析，我倒是突然想到一点，那个怪物至少并不能同时侵入或窃听太阳系内的一切通信，如果那样，它就没有必要满太阳系里四处跑了。大家想啊，假如能够通过网络获得远距离的信息，谁会愿意大老远费力跑断腿呢。对不起，我又用了不严谨的表述。它不是四处跑，而是在某时刻出现在某处。它也无须用脚。所以，我推测，那艘在土星轨道附近遇到黑色不明球体的Y国飞船，已经凶多吉少。”韩克说道。

麻青山听韩克这么说，拧起了眉头，沉默不语。

“韩克的推测很有可能是真的。Y国飞船很可能已经被那家伙俘获，或已经被摧毁了。”萧剑锋的语气中带着一种悲悯。

程远征满腹狐疑地说道：“这么说来，它直到现在还没有对地球实施破坏或攻击，倒是一种仁慈了？”

“也许，应该赶紧通知世界探索宇宙委员会总部，让他们尽快从那栋大楼内疏散出来。而且，最重要的是，要让他们关闭中央智能电脑。”韩克说道。

萧剑锋一惊，望向王宽上将，问道：“王上将，您看我是否可以直接打电话给世界探索宇宙委员会，以我国太空司令部的名义通知他们尽快疏散？”

王宽上将稍一沉思后说道：“世界探索宇宙委员会总部虽然设在我国，但它是联合国的下属机构。按照多边协议，只能由政府知会联合国，然后由联合国与他们直接交涉，太空司令部无权直接命令他们。但是，目前事态紧急——我看这样办吧，你带人从速前往其总部大楼，以拜访名义，当面告知他们情况紧急。对了，记住，步行前往。若不然，极可能被它锁定为目标。尽管韩克推测那怪物不可能同时窃听太阳系内的一切通信，但是它就悬浮在那栋大楼上方，极可能已经把整座大楼置于其监视之下，为了保险起见，你们也不要打电话或发‘超讯’。带上你的人，带上韩克，去找他们，当面告知他们正面临的巨大威胁！你一定要说服世界探索宇宙委员会的委员们和所有职员尽快随你撤离。咱们将他们暂时安置到太空军的战略防空基地。我与远征上校先乘飞行器前往国防部汇报。”

萧剑锋等王宽上将说完，立正行礼道：“是！保证完成任务。”

王宽上将神色严峻地点点头，又补了句：“注意尽量不要引发恐慌。青山，秘境公司这边，也尽快撤离到太空军战略防空基地吧。”王宽上将的前半句话是冲萧剑锋说的，后半句话相当于给麻青山下了任务。

韩克跟在王宽上将、程远征上校等人身后出了会议室，他口袋里的手机发出“叮，叮”两声微响。那是一条“超讯”。他掏出手机，两条“超讯”出现在屏幕上。

“快看！黑色不明球体又出现了。就在窗外不远处！”

“你说，那是什么怪物？新闻上说是未来装置艺术家创作的作品在巡展。我看是骗人的。不会是世界末日要到了吧！哇哇哇！”这条“超讯”的文字后面还有一连串夸张的符号。

是柳诗云发来的。

韩克心头一紧，手指一动，就想立刻回讯，转念一想，他将手机放回口袋，对萧剑锋说道：“萧中校，我去一下98层，很快下楼追赶你，不用等我。”说完，不等萧剑锋回答，他拔腿便往楼梯口跑去。

“韩克！”麻青山想要阻止韩克，喊了一声，却见他已经跑开，便只好对萧剑锋说道：“萧中校，你们下楼，带上人先走，我把王上将和程上校送去楼顶乘坐飞行器。咱们基地见。多小心！”

萧剑锋朝麻青山利索地行了个军礼，旋即转身进入刚刚打开的电梯门。

98层的工作区内一片狼藉。

韩克之前没有进入过这个工作区，他本想来告诉柳诗云，让她等候集团统一安排的撤离。但是，当他从楼梯跑到98层时，他就意识到，楼内已经出现了恐慌，恐慌已经引发了自发的、盲目的逃离行动。这时，他不管三七二十一，逆着往外跑的员工人流，跌跌撞撞跑入了98层的工作区。

他没有在工作区找到柳诗云。

一定是随着同事们往楼下去了。他心里暗想。无奈之下，他出了工作区，往电梯口跑去。电梯口已经等了一堆人。在那堆人中，也没有柳诗云。

这时，楼内广播响了起来："秘境的员工们，大家好！正如诸位所见，此刻外面的天空中出现了黑色不明球体。此前，此黑色不明球体据称是未来装置艺术家的作品，在全球巡展。不过，事实看来并非如此。真相未明之前，请大家不要恐慌，请大家不要恐慌！出于安全考虑，集团决定，由集团统一安排，楼内全部成员，将于一个小时内统一撤离到安全地点，继续运营。请大家不要恐慌，配合撤离工作。谢谢各位的配合。"

这段话播出后，躁动的人群渐渐安静下来。楼道内，代之以一种压抑的宁静。

"魔头"开始行动了！韩克略微松了一口气。

幸好，在98层，一共有8部电梯同时运行。韩克终于挤上了一部电梯。

在一楼大厅混乱的人群中，韩克终于找到了柳诗云。

“我想回家！那怪物究竟是什么？”当韩克一把抓住柳诗云的手臂时，她几乎大哭起来。

“不知道，谁都不知道。”

“现在怎么办？”

“公司安排了人员撤离，大家会转移到太空军的战略防空基地。那里暂时是安全的。”

“可是，我想回家。我要去找我爸妈！”柳诗云带着哭腔说道。

韩克心头一紧，犹豫了一下，问道：“你爸妈在哪里？”

“在南方老家。”

“哪个城市?”

“他们不喜欢城市，一直在乡下。”

“也许那里更加安全。”

这时，柳诗云的手机响了。她看了一下手机屏幕，慌忙接起电话。

过了片刻，柳诗云哭丧着脸说道：“我妈问我现在在哪里，她说不知出了什么大事，她看到新闻里报道，说A城周边的高速路已经挤满了车子，人们仿佛都快疯了。有的人开车往北走，有的人开车往南赶。公路上正乱成一片，许多人盲目地四处转移，交通已经快崩溃了。为了稳定局面，政府已经暂时停止了航班和高铁，以减少人员的流动。我妈劝我暂时别乱跑。可是，我真的好想回老家找他们。”

韩克看着柳诗云魂不守舍的样子，虽然心痛，却还是铁下心说道：“不行！这种状况去找他们，太危险了！”

柳诗云这时大哭起来，大声喊道：“不，我要去找他们！”说完拔腿往大门口跑去。

韩克在原地愣了一下，方才猛地追上去，一把扯住她的手臂，说道：“听我说，我非常非常清楚你的感受——但是，目前这种状况去找他们，路上太危险！况且，你爸妈在南方乡下，应该比这里安全。”

“究竟发生什么事情了？”柳诗云瞪大了眼睛。

韩克注视着她的眼睛，说道：“人类一直在宇宙中寻找外星人，或许，这一次，它们不请自来了。”

柳诗云惊恐地睁大了眼睛，问道：“你说什么？”

“我说，也许是外星人来了！”

“那——那怎么办？”

韩克扭头看了看，只见大门口已然乱成一团，便说道：“这样吧，你跟着我，我们去一个地方。”

“去哪？”

“世界探索宇宙委员会总部大楼。”

柳诗云一惊，问道：“去那里做什么?”

这时，韩克看到萧剑锋带着几个人正朝这边跑来。

“刚才被人群堵在大厅了。这位是？”萧剑锋问。

“我的同事，柳诗云。”韩克答道。

“不行。她会拖累行动的。”

“她是一个超级黑客。我要带上她，也许对行动有帮助。”

萧剑锋略一犹豫，说道：“好，那一起吧！”

说完，萧剑锋冲韩克一招手，带着人，往世界探索宇宙委员会总部大楼方向拼命跑去。

柳诗云呆立着，脑袋有些发蒙。

“快！一会儿慢慢与你解释。”韩克拉起柳诗云的手，跟在萧剑锋身后，飞快地往前跑去。

王宽上将的担心不是多余的。在萧剑锋、韩克等人前往世界探索宇宙委员会总部之时，大恐慌便开始在周围蔓延了。

大量的汽车从世界探索宇宙委员会总部大楼开出。这些都是氢动力汽车。不多时，总部大楼四周的街道挤满了流线型的氢动力汽车，四处都是焦躁的喇叭声。街道两边的人行道上，人们慌乱地奔跑着。许多人一边跑，一边抬头望着高空中的庞然大物。

它现在变得更加巨大了。如果站在总部大楼外墙的墙脚仰头望去，就会看到那个悬在高空中的黑色不明球体已经如巨大的黑云团一般覆盖在大楼顶上。诡异的黑色，仿佛慢慢从楼顶的圆边里面溢出来。它的黑色异常诡异。如果定睛仔细看，这种黑色似乎具有无限的深度，而它的表面，似乎以混沌的形式在不停地流动。太阳依然挂在高空，在黑色不明球体之下投下了巨大的阴影。这证明太阳光在其表面会被反射。

它是某种实在之物。可是它是什么呢？

韩克一边奔跑，一边不时仰望天空中巨大的黑色不明球体，思索着这个庞然大物的性质。

物质必然由某种粒子构成，这怪物的大小可以不断变化，如果它不是气球的话，当然不是，那么它就具有近似不可数无穷的性质，构成它的粒子，粒子数或许就是连续统的势，是实数集合的基数。天哪，无穷难道能以具象的方式存在吗？！

思想上的困惑在韩克的神色中流露出来。

“这不可能，在我们的世界中不可能！”韩克神情恍惚地喃喃道。

“你怎么了？”柳诗云问道，语气中饱含着关切。

“不是阿列夫零，而是阿列夫1，阿列夫2……或阿列夫ω，还可以是实数集合的基数c，也可以是大于c的任何超穷基数。或许是它在向我们传递信息。”韩克冲柳诗云说道。

“关于无穷的数学，太枯燥了，我早还给老师了。你究竟想说什么？”柳诗云问。

“是啊，你想到了什么？”在一边奔跑着的萧剑锋也问了一句，语气有些急切。

“或许是它在向我们传递信息。它或许在向我们传递它有近似不可数无穷的性质。而且，从它的形状与大小变化的特性来看——我们还不知道它的质量密度是否是均匀的，也不知它的平均质量密度常数是否保持不变——因为我们还不知道它的内部结构；所以，如果把它视为一个数学空间，把我们所见到的它——一个球或者准确地说仅仅是一个球表面——视为一个在球空间的二维模拟——它似乎既可能是有限扩展的，也可能是无限扩展的。我的意思是，它会不会有意地只让我们看到，它的或大或小的一部分——在球空间的二维模拟呢？”这样说的时候，韩克想象着那个缩小了的黑色不明球体出现在地铁隧道里的诡异情景，也同时想象着那个骤然变大的黑色不明球体在土星轨道附近、在浩渺无垠的深空中与地球飞船对峙的壮观景象。

“难道是外星生物对地球人的炫耀？”萧剑锋放慢脚步，露出气愤的表情，扭头问韩克。

“看来，你承认它可能是外星生物。至少你不是直觉主义者。如果是直觉主义者的话，会否定我的猜测。这种猜测在他们看来是一种粗暴的行为。不过，如把黑色不明球体的出现解释为外星生物对地球人的炫耀，倒是一种有意思的诠释。”韩克带着调侃的口吻，没有直接回答萧剑锋的提问。

“行了。咱们还是快点赶去那里吧。”萧剑锋摆了摆手。

“好吧。我承认，我刚才的一番解释，并不是对那个怪物清晰、充分的说明，只不过是梦呓式的猜测罢了。”韩克自嘲道。

它，戏弄了直觉，挑战了实在，打破了逻辑。它简直无所不能。不过，它不可能做到无限大，没有任何一个单一的实体，可以真正做到无限。所以，不管它怎么变幻大小，它不可能无限大。

这些话，在韩克的心头猛然冒了出来。他又仰起头，望了天空中那个黑色的庞然大物一眼。他没有将这些话说出口。

天空中，一大群黑色的乌鸦从远处飞来，着了魔般地围着半空中悬浮的黑色不明球体盘旋，仿佛不知危险的好奇者，在围观一个新奇的事物，也仿佛是一群失去了理智的奴隶，围绕着它们的主人。

在这一刻，原本灿烂的阳光仿佛顿时暗淡了许多。

他们加快了脚下的步伐，朝着世界探索宇宙委员会总部大楼狂奔而去。

五

先锋

世界探索宇宙委员会总部大楼比秘境集团的大楼略高一点，不过也是99层。它的外形异常简洁，像是一个银色大圆锥。说它像一个圆锥，那是一种近似说法。其实，这个高大的圆锥的顶部，如果忽略其上的避雷针，那么它不是尖的，而是有一个近百平方米的圆截面。在大楼50层的外墙，还有一圈平台，可以起降飞行器。没有把大楼外形设计成一个完全的圆锥，据说是建筑师有个坚定的理念——人类在天穹之下，多少应该保持一点谦逊。这座银色的圆锥状大楼，高高耸立在天穹之下，仿佛中世纪（在历史学领域，这个说法一直保持了下来）的教堂，暗藏了人类的一种信念。

此刻，黑色不明球体高悬在世界探索宇宙委员会总部大楼的上空，呈现出一幅诡异又壮观的景象。巨大的银色近圆锥体与一个近乎完美的庞大的黑色球体，形成一种奇妙的对峙。

黑色不明球体的光临，已经使世界探索宇宙委员会总部大楼内出现了恐慌情绪。或许是因为委员会大楼内多是从事宇宙探索的人员，所以尽管附近几栋大楼已经出现人群恐慌、混乱撤离的情况，但是在这座大楼内部，虽然充斥着恐慌情绪，却依然保持了一种克制中的有序。员工们正秩序井然地跑出大楼。

萧剑锋对大楼门口的保安人员亮明身份。他从保安口中得知，世界探索宇宙委员会的主要成员此时正聚集在大楼50层的0001号中心会议室开会。事不宜迟！萧剑锋立刻带着韩克等人逆着人流，乘电梯直奔会议室。

萧剑锋等人进入会议室时，0001号中心会议室内，委员们正围着一张巨大的环形会议桌激烈地争论着。

方才，保安人员已经通过内部流程，将萧剑锋等人到访的信息通知了委员会秘书。所以，委员会的轮值主席与委员们对于萧剑锋等人的突然来访并未感到诧异。现在牵扯着他们神经的，是楼顶的那个黑色不明球体。

不明怪物的降临，完全打破了委员会原来的计划。委员会内部，正在进行着一场前所未有的激烈争论。

萧剑锋开门见山，直接说明了来意。进入大楼时，他便戴上了多语种智能翻译器，那个翻译器的形状，就像一个世纪前的耳机一样。他把几个智能翻译器分发给了世界探索宇宙委员会的几个要员和团队的几个成员。

“萧中校，我想我已经清楚了你们此行的目的。你们能来，真是太好了。我们正在讨论往哪里疏散。飞行器已经停在窗外了。谁也没有想到会突然发生这样的事情。人类试图与外星人接触已经很久了。可是谁又能想到，也许外星人真的自己找上门了。我们能往哪里撤呢？连Y国的飞船也不堪一击。我们能撤到哪里？！”说话的是世界探索宇宙委员会轮值主席大卫·罗比。他穿着深蓝色宽条纹的黑色三件套西服。冷气系统虽然运转良好，但他那宽阔骄傲的大额头还是渗出了汗珠。

“罗比先生，现在也不用过于悲观。至少那怪物现在还没有在地球上实施对人类的攻击。我们还有时间。罗比先生，我们请求您立刻启动这栋大楼的中央智能电脑自毁系统。人类最重要的数据库不能被不明怪物窃取。”

“不行，如果中央智能电脑现在自毁了，很多人连这栋楼都出不去。”

罗比先生的话让萧剑锋吃了一惊。此时，会议室内墙的一块电子屏幕上，正显示Y国星际飞船在土星轨道附近向黑色不明球体靠近的轨迹图，另有一块电子屏幕，正实时播放着在楼顶上空悬浮着的那个黑色不明球体的画面。

“没有任何证据证明，出现在土星轨道附近的黑色不明球体与现在悬在大楼顶上的那个怪物是同一个家伙。万一外星不明物大举入侵，我们该怎么办？这里可是有人类发展至今最重要的宇宙探索数据库。”罗比瞪大了眼睛继续说道。

突然，电子屏幕上出现了一个恐怖的图像。画面里，那个黑色不明球体的下部发射出超级耀眼的蓝光，如同一道巨大无比的闪电。那道蓝光从高空垂下，直直射向大楼的避雷针。

画面震撼了中心会议室内所有人的心。众人顿时都呆若木鸡，眼睁睁地看着大楼的巨大避雷针被蓝光笼罩。

“不好，来不及了。放弃大楼，别管中央智能电脑了。快上飞行器赶紧撤离。飞行器在哪里？”萧剑锋说道。

“就在外面！”罗比往窗外一指。

“走！快走！”萧剑锋说着，朝罗比先生和委员们挥了挥手。

“完了！完了！”罗比眼中露出绝望的神色，口中喃喃说道。

大楼开始剧烈地震动起来，金属熔化了，玻璃破碎了，墙体崩裂了。可怕的轰鸣声从楼顶上部传来。

中心会议室的窗外，停着三艘黑灰色的蝇式飞行器。这种飞行器是根据仿生学原理设计的，外形有点像苍蝇，但比苍蝇的外形更具流线性，飞行的过程中，主要靠离子发动机产生喷气动力。必要时，两侧的机翼会展开，并通过高频振动产生巨大的推动力。机翼的角度也可以根据各种需要进行复杂的调整。喷气动力与机翼产生的动力可以进行切换或实现复杂的组合。因此，尽管飞行器名称不够好听，也不以飞行速度著称，但是就其在空中转向的灵活性而言，大大超越了前代的任何一种中短途飞行器。

三艘蝇式飞行器中，有一艘没有逃离厄运，其余两艘载着萧剑锋、韩克、罗比以及十多位世界探索宇宙委员会的委员，冲出乌云般的烟尘，飞快地往西边飞去。

飞行器内部座椅的排列有些像从前的民航飞机。只不过，所有座椅都是合金材质，到处闪着冰冷的光泽。韩克侧着身，往后扭转头，透过飞行器的舷窗，望见在一道诡异的蓝色光线中，那座银色的近圆锥体大楼从顶部开始慢慢分崩离析。

柳诗云紧紧挨着韩克，双手拽着他的衣袖，瞪着惊恐的双眼，脸色苍白，毫无血色。

罗比先生坐在韩克的斜对面，神色恍惚地用哀伤的声音说道："瞧啊，瞧啊！我们在那怪物面前简直不堪一击。伟大的人类文明，何等脆弱啊。人啊，不过如此。瞧啊！咱们这伟大的文明，在未知的力量面前，就如面包一般，轻轻一压或一搓，便成了齑粉了啊！现在怎么办？我们去哪里？"在极度恐惧之下，罗比显得语无伦次，说的话也显得啰哩啰唆。

萧剑锋有点不耐烦，微微拧着眉头，沉声道："刚才一上来，我便将我国太空军战略防空基地的经纬度给了机长。同时，也已经与基地联系好了飞行器的着陆方案。放心！我们还有希望！"

"那个怪物随时可能追上来。"罗比先生惊魂未定。

"不过，它没有追上来。"萧剑锋抬起手，朝弦窗外指了指。

罗比先生闻言，扭头往弦窗外看去。只见蓝光消失了，那个黑色不明球体显然升得更高了，悬浮在滚滚烟尘的上方，仿佛再次不动分毫了。

"它摧毁了大楼，不知杀死了多少无辜的人，现在却为何不追击我们，它究竟是什么意思？”罗比喃喃自语。

这时，有一位脸色严肃、长着稀疏金发的委员用带着浓厚口音的英语说道：“萧中校，我们的科学家之前已经利用人类现有的数学与逻辑理论的技术，利用人类最强大的电脑，揭示了各种理论在各个具体场合下所隐含的断言，但是，那个黑色怪物并不在所有这些断言之内。”

“请问您是？”萧剑锋用英语问道。

“希尔伯特。本人是D国常驻世界探索宇宙委员会的委员。”

“数学物理学家希尔伯特先生。”罗比先生在一旁补充道。

韩克听到这个名字，感到有些亲切。他非常喜欢历史上那个名叫希尔伯特的数学家。这位先生，与那个数学家希尔伯特同名，这让韩克对他有了一份天然的好感。

萧剑锋伸出手与希尔伯特先生握了握手。

“那位希尔伯特先生的话是什么意思？”柳诗云凑到韩克的耳边问道。

“简单地说，就是用现在的任何数学和逻辑理论，并且借助电脑来解释黑色不明球体的性质都失败了。”韩克看了柳诗云一眼，轻声说道。

萧剑锋这时对希尔伯特说道：“那个怪物不属于地球，这是肯定的。我们必须弄清楚它从哪里来，来地球究竟是为了什么。”

“威慑！”韩克脑中念头一闪，脱口而出，插了一句。

“你说什么？”萧剑锋一惊，扭头问道。

“它摧毁大楼，似乎是为了威慑，而不仅仅是为了杀人。这也可以解释为什么它不对我们进行追击。”

“那么威慑的目的又是为了什么？为何专门挑世界探索宇宙委员会的总部大楼呢？”萧剑锋继续问。

“如果之前没有推理错的话，它通过Y国飞船的量子通信，顺藤摸瓜，抓住了重点。所以也可解释为何先不摧毁航天局，而是先摧毁了世界探索宇宙委员会的总部大楼。因为大楼里有人类最大的宇宙探索数据库。不过，我之前推测，它可能是为了窃取人类最宝贵的数据库之一。现在看来，我的那个推测是错误的。它是为了威慑，所以选择了毁灭。只是，威慑以后，又会是什么呢——”韩克说到这里，沉默下来。

“操纵……”萧剑锋盯着窗外，呆了一呆，用中文说道。

“什么？”罗比先生用英语问。

“操纵。”萧剑锋扭头看了罗比一眼，用英语重复了一下刚刚说的话，又意味深长地看了看韩克，继续说：“那个外星怪物一定想操纵人类。哥伦布。美洲。也许地球只是它的美洲大陆……可是，它从遥远的宇宙深处来到地球，仅仅是为了操纵人类吗？操纵的目的又是什么？在这个怪物后面，还会有其他怪物吗？”

“你的意思是，那个黑色不明球体，或许仅仅是一个先锋……”韩克说。说话间，他的心头升起一股寒意。

“这是我作为一个军人的直觉。”萧剑锋说。

两艘蝇式飞行器一直往西飞去，速度很快提升到声速。没过多久，韩克感觉飞行器的速度渐渐降了下来。

“快到了。”萧剑锋说。

韩克朝弦窗外望去，只见白茫茫的云雾飞速从眼前掠过，根本看不到其他东西。

又过了一会儿，飞行器的速度进一步降了下来，韩克终于可以看清外面的景象了。他发现飞行器原来已经在大山之间穿梭飞行。

“是在山里吗？”韩克问。

“马上你就知道了。”萧剑锋从座位上站起来，继续说，“我得去同机长交代一下。如果想在基地降落，得切换一下降落模式，将升降模式切换为短距滑行模式。这位机长可不熟悉这里。”

萧剑锋离开了一会儿，又走了回来。

“请乘客们系紧安全带。”飞行器内的广播播放着机长的提醒。

众人听了，都遵照提醒系紧了安全带。

不一会儿，韩克发觉弦窗外猛然一暗，飞行器好像飞入一个巨大的隧道。窗外好像有一束红色的光划过。然后，他就听到一阵巨大的摩擦声。第一架飞行器降落了。随后，另一架飞行器也跟着在基地的隧道内成功降落。

韩克等人随着萧剑锋下了蝇式飞行器。这时，他才惊奇地发现，原来飞行器是在一个巨大的山体内部降落的。隧道口的下落式闭合门现在已经自上而下关闭了。那道闭合门是暗灰色的，像是由混凝土浇筑而成，又像是某种硅基材料。韩克猜想那道门具有抵抗外部核爆炸的作用。隧道内很空旷，顶部很高，所以虽然在山体内，但并未给人促狭的感觉。隧道的墙壁和顶部看起来都是某种合金制作的。墙壁和顶部布置了一排排灯管，这些灯有的发出蓝光，有的则发出红光或黄光。不同的光自然起着不同的提示作用。

六

来地球后的思想片段 2

这座建筑物真是不堪一击啊。很多人类——不，不对——应该说是——很多人——在大楼的毁灭中，肉体被一同毁灭了。这些肉体死亡时的思维充满了混乱，虽然如此，但是对于母星来说，或许有研究的价值，所以就让我将这些混乱的电脉冲先存下来。当然啦，如果现在——如果有人类质问我为何要毁灭这座建筑，毁灭那么多的肉体，我的回答是很简单的，因为我要完成母星交付的使命。

我要对地球和人类进行研究，我必须控制和操纵机器和人类来完成我的使命，我要将地球上的物质样本带回母星去。在这方面，地球人的理论倒是蛮有意思的。用地球人的语言，怎么说来着——对——空间跳跃。可惜，他们的理论没有充分考虑到在广袤宇宙中传送的不确定性。地球人的思想幼稚而又可爱。多少年来，在他们所谓的漫长的历史中，总有那么一些有思想的英雄怀着大无畏的精神探索未知。可是，他们永远不明白未知是什么。

在浩瀚的宇宙中，在亿兆颗恒星诞生与寂灭中，那些思想犹如黑暗中的微光。“若无必要，勿增实体。”这把剃刀倒是够锋利的。不过，母星需要它们——这些物质样本，这些实体。可以这样说吗？嗯——这些实体。宇宙中充满了不确定性，带回它们确实是一件麻烦事。但是，不管怎样，我一定要完成我的使命——用我的办法。所以，威慑是必须的。根据人类所存储的、所谓的历史文献来看，在人类历史上，武力威慑——足够大的破坏是可以产生有效的威慑作用的。比如用人类的语言，比如，战争。战争也是一种超级威慑。我摧毁这座建筑，按照地球人的说法，也是一种威慑。通过这种威慑，可以影响地球人的意识，甚至操纵地球人的行为。

现在，我挑选了这座建筑物作为目标，当然了，它现在已经是一团废墟了。那就让我来看看威慑效果是否产生了。不要急，地球人，我的使命才刚刚开始呢！我要废除你们的政府作出的、限制脑机接口运用的愚蠢规定，我将加速你们的进化，赋予你们更为强大的能力……

七

加速“进化”

世界探索宇宙委员会总部大楼被黑色不明球体彻底摧毁，对全球造成了可怕的影响。各国媒体极为迅速地报道了这场突如其来的惨剧。人类历史上曾经发生过无数次惨剧，不过这次的惨剧太过诡异了。各国媒体将这起惨剧与人类历史上的重大突发性灾难事件进行了详细对比，罗列了详细的数据，仿佛这是人类遇到的一件值得炫耀的光荣大事一般。即便是在极其可怕的时刻，人类的猎奇心理也忍不住要从其中获得一种嗜血的快感。

黑色不明球体仿佛是为了躲避大楼崩塌引发的烟尘，往高空升了许多，然后就悬浮在那里一动不动了。

万能网上充斥着黑色不明球体的画面。不待烟尘完全散去，人们便怀着恐惧和好奇心，从各个角度远距离拍摄着黑色不明球体。恐惧也是一块磁铁，吸引着充满好奇心的人类。网络空间和街头巷尾，到处是关于黑色不明球体自哪里来、究竟想要干什么的议论，世界末日的说法很快流传开来。

可是对黑色不明球体的军事反击并没有发生。

因为，建立在电脑运行基础上的各国的军事操控系统已经莫名其妙地完全失灵了。Y国总统一度想下令利用核弹打击黑色不明球体，但是任何操作系统都没有反应。它们已经不再受他的控制了。还有比这更可怕的事情吗？类似的不可思议的事情在各国都发生了。很快，各国人民都意识到，人类已经失去了对电脑和机器的控制。

人类的命运已经被一种莫名的力量操纵了。

巨大的恐惧迅速蔓延开来。

世界各国都发生了不同程度的骚乱，失去理智的人成群结队、发疯似地抢夺食物、饮用水以及各种物资。很多国家的治安已经不是警察所能维持的了。仅仅一周的时间，世界便陷入可怕的冲突与失序的恐怖之中。那些发生严重骚乱的国家，政府不得不动用军队开始镇压骚乱人群。在这一周内，那个黑色不明球体一直高高地悬浮在世界探索宇宙委员会总部大楼的废墟之上。人类不知道它想要干吗。它像一个黑色的小太阳，刺激着人们对于世界末日的恐惧与疯狂的想象。

在世界探索宇宙委员会总部大楼被摧毁的第七天，发生了一件奇怪的事情。所有手机，所有电脑屏幕，所有智能设备的显示屏，所有户外电子广告屏——总之，所有屏幕上都接收到一条信息，信息以各种文字轮番播放，但是内容是一样的。

这条奇怪的信息是这样的，这里只举出中文的例子：

所有的地球人，如果你有手机，请随时携带手机，并保持冷静。我将带给人类的，不是世界末日，而是人类的加速进化。我将在必要的时候，向我所需要的人发布指令。不要有任何反抗的幻想，因为从此刻起，我已接管万能网以及所有的电脑设备，不听从指令的人，我将冻结他们的银行账号，我将销毁他们的医疗信息，我将抹去他们的身份证明。他们将寸步难行，无钱可用，无食果腹，无处可逃。让我说得更明白一些，只要我乐意，我可以随时随地结束他们的生命。今天就说这么多。地球人，在未接到我的指令前，你们就照常生活和工作吧。从现在开始，你们依然可以用电脑，用手机，用飞行器，用汽车，但是，别忘了，一切都在我的控制之下。我会在必要的时候召唤你们……

这条奇怪的信息，引发了史无前例的大恐慌、乱七八糟的猜测以及无休无止的争论。这些恐慌、猜测与争论，如同史前洪水一般，席卷了全球。

几乎所有人都猜到了这条信息是来自那个黑色不明球体。

可是，没过多久，大多数人以一种奇怪的心态大大松了一口气——毕竟，暂时死不了，多少也算是好消息。但也有些人，则怀着强烈的疑惑和抗拒心理，觉得屈服于这样的威胁，是人类莫大的耻辱。

总之，全世界笼罩在一种奇怪的气氛中，痛苦、愤懑、悲哀、惊恐、焦灼、怀疑、愤怒、失望、不安、郁闷等种种心理如无数股龙卷风，旋转着，移动着，彼此碰撞、震荡和交融。

在出现了那条来自绝对统治者的趾高气扬的信息之后，A城的人们看到那个黑色不明球体开始移动了，开始变形了。黑色的圆球仿佛慢慢伸出许多小触须，那些触须慢慢变形，慢慢扩散，不断扭曲着，飘动着，每一条黑色的触须竟然慢慢呈现出一个人形的模样。然后，许多黑色的小人持续不断地从黑色不明球体的表面脱离出来，仿佛一群黑色的幽灵盘旋、飞翔在A城的上空。

A城的人们很快再次接收到了黑色不明球体发出的指令。这次，指令提出了一个明确的任务，那就是要求A城的人要在七天内在城内建成一个脑机连接中心。同样的任务也被下发到世界各地的所有城市。许多城市进行了反抗，但是他们很快发现，反抗真的毫无用处。不少不服从指令的人被冻结了银行账户，被删除了身份证明。有的表现出激烈反抗行为的人，以各种方式死于非命。这些人，有的走在路上，被无人驾驶的汽车撞死；有的在接听电话时，莫名其妙地触电身亡；还有的则在大白天被黑色小人发出的蓝色小“闪电”烧成灰烬。在失去食物、失去自由甚至失去生命的威胁下，越来越多的人屈服于黑色不明球体发出的无礼指令。

聪明的人类开始动用一切可能的资源，以极高效率推进脑机连接中心的建设。七天内，各种规模的脑机连接中心如雨后春笋，很快遍布世界各地。在此之前，各国各城市的脑机连接并不广泛，主要在一些大型医院和私立诊所进行。各国政府都遵守协议，脑机连接被限定在非常狭小的范围，主要运用于医疗领域。脑部疾病患者、瘫痪者等一些大脑发生病变的病人被允许在脑部植入芯片。世界性的协议限定了人脑只能使用芯片中按需内置的内容，也可以借助外接口连入电脑并利用植入脑部的芯片处理信息，但不允许利用有线或无线的方式从电脑、万能网下载信息存入芯片。

然而，黑色不明球体的指令废除了之前各国政府达成并通过的世界性的脑机连接协议，而允许人脑植入任何芯片并任意下载万能网信息。这个指令，使人类发生了严重的分裂。一部分人欣喜若狂，开始将黑色不明球体当成万能的神。他们高呼口号，狂热地拥护它对地球的统治——因为他们认为它正给人类带来开发无限潜能的可能性，必将宣告人类进入一个新的伟大时代。这部分人，争前恐后地进入刚刚建立起来的脑机连接中心，为自己植入功能最强大的芯片。他们还将黑色不明球体印在自己的T恤、帽子上，甚至刺刻在自己的身上——尽管它看起来千篇一律、死气沉沉。他们简直对它顶礼膜拜。不过另一部分人对功能强大的芯片植入人脑并无限制地连接万能网表示出强烈的担忧。他们认为，这样发展下去，要不了多久，机器将会统治地球，人类将彻底沦为机器的奴隶。人类不惜代价地追求超级的能力，必将导致自身落入超级力量的牢笼。即便是后一种人，对于局面的估计也过于乐观了。实际上，绝大多数人已经沦为黑色不明球体的奴隶。

不过，黑色不明球体并没有允许所有人进行脑机连接。在地球上，只有一部分人——当然这个人群的规模要比原先大多了——经过黑色不明球体的允许，进行了脑机连接，并被允许可以随意下载万能网的信息。当然，此时的万能网已经被黑色不明球体控制了。显然，黑色不明球体依靠它无所不能的威力，为自己设置了“防火墙”。万能网被它控制，却无法控制它。

黑色不明球体开始直接给被它控制的脑机连接人下达指令。这些人开始广泛进入政府、企业、学校等各类组织的高层，并以脑机连接的“新人类”姿态，根据黑色不明球体的最高指令，制定了涉及人类生活、学习、工作等各个领域的千万条具体政策。

仅仅过了半个月，世界各国的傀儡政府，便根据黑色不明球体的最高指示，按照严格的指令，高速、高效地为了特定的目的运转起来。

当然，世界各地大大小小的反抗活动一直持续不断。只不过，反抗所产生的效果微乎其微。在有高度组织的、理性的脑机连接人占统治地位的社会中，理性、效率和收益成了判断一切活动的标准。人们开始疯狂地工作，睡眠时间被普遍压缩到最少的极限。大量抑制睡眠的药被快速研制出来，并因此产生了极为巨大的市场需求。

“新人类”还根据黑色不明球体的指令，有选择地继续推进脑机连接计划。与此同时，任何休闲活动、娱乐活动和松散随意的无特定盈利目的的活动都被高速运转的社会系统排斥了。各种建筑物的内外，人们的欢笑声、叫骂声越来越少了。

进行了脑机连接的孩子也具备了超常的能力。作为一种代价，孩子们幼稚的、天真的行为渐渐丧失殆尽，他们的行为越来越像成年人。

那些拒绝服从黑色不明球体和“新人类”的指令的人，不管是孩子，还是成年人，或是老人，只要遭到逮捕，便被限制了各种活动。他们当中的病人、残疾人，因被断绝了粮食供给，有的活活饿死，有的选择自杀。他们当中的健康人，像牲畜一样被脑机连接人关押起来，理由是他们影响了社会运转的效率，与其让他们在外面拖了全社会的后腿，还不如将他们关押起来以减少麻烦。

于是，地球上生活在地面上的人类主要分为四大类：在黑色不明球体降临地球后，接受黑色不明球体指令的脑机连接的“新人类”，未接受脑机连接的被统治者（占大多数），少数反抗者，以及黑色不明球体降临地球前的极少数脑机连接者。

黑色不明球体对于自己对地球人进行的快速改造似乎相当满意。一开始，它还仿佛是为了保险，幻化出无数黑色小人来制造恐怖和维持秩序，但是它很快发现，由脑机连接的“新人类”——它在地球上的代理人——直接统治的人类社会很快按照它的指令实现了高速、高效地运转。于是，它让那些幽灵般的黑色小人回到了“母体”，重新成为它的一部分。它以一个完美的黑色球体的形象，自由自在地在世界各地上空游弋。但是，有人注意到，它最喜欢停留的地方，是位于A城的、在世界探索宇宙委员会总部大楼原址建立起来的A城脑机连接中心大厦上空……

八

白洞

地球上有一小拨人暂时躲过了黑色不明球体的操纵。除了国家首脑之外，萧剑锋、韩克、柳诗云以及世界探索宇宙委员会的委员们是第一时间转移到太空军战略防空基地内的。在他们之后，秘境公司也有部分人按照王宽上将的指示转移到这个几乎与世隔绝的战略基地内。当他们进入基地的时候，上述地球的剧变尚未发生，因此此后发生的事情，基地主要靠一些零星返回的情报人员的口头汇报才知晓。

由于担心泄密，他们不敢用任何电子或量子通信。地面上正在发生的可怕变化，令基地内的高层觉得必须做出一些反应。他们不可能永远与世隔绝，一直在基地内生存下去。生存离不开资源，地下基地内的生活资源是有限的。大米、牛肉、鱼肉、猪肉、饮用水等各类物资的储备只够基地内的人口生存一年。防空基地的领导者必须做出决策，做出必要的反击，否则等待他们的便是全体灭亡。

太空军战略防空基地建在X国西北某无名山脉之下。太空司令部一直在这个基地办公。基地内的网络并没有与万能网连接，而是一套独立的系统。除了直接参与这个战略防空计划的人员之外，关于这个战略防空基地，只有X国的几个首脑知情。如今，知情者都已经转移到基地内。此地绝对保密，在被发现之前，也是安全的。

这个战略防空基地面积巨大，除了各种办公空间，还有一个五千米长、两千米宽的星舰仓，里面停放着三艘太空军的后备小型星舰。X国太空军的主力有八艘星舰，如今都在秘密的火星基地，或者在火星附近巡弋。那八艘星舰，也没有与地球上的万能网连接，因此也得以躲开了黑色不明球体的操纵。太空司令部和太空军的人员身份，也都有自己独立的一套系统管理，并不受万能网的控制。但是，韩克、柳诗云以及世界探索宇宙委员会委员们的身份信息却全部都在万能网之内。因此，在进入基地之后的第一时间，萧剑锋特地令基地网络安全员为他们重新制定了身份。在地表上面的那个世界里，他们的信息虽然存在，但对他们已经没有意义（他们不敢肯定，他们的信息是否已经被删除了，或者成为被遗忘的“僵尸信息”）。他们像太空军的人员一样，开始依赖于地下储备的生存资料。

韩克经常会想起一些可怕的场景：巨大的蓝色闪电从高空落下，大楼在闪电中崩塌，钢铁熔化，碎石纷飞，火光四射，人体的碎片从高空纷纷坠落，老人和残疾人被无情屠杀，黑色不明球体的巨大阴影覆盖着整片街区，幸存者双眼空洞地在街头行走……他想，不可能仅仅就他一个人会想起这些可怕的情景。

我们怎能一直这样在地下像老鼠一样苟且偷生呢？不，我们一定要回到地面去！我们一定能够回到地面去！历史上，那些在可怕的战争中躲入防空洞，躲避轰炸和杀戮的人，迟早都会回到地面去，他们不都成功回到地面了吗？我们一定要回去！

躲避到防空基地里的国家首脑近来也针对基地内的人发表数次演说，鼓励大家万众一心，渡过难关，反击的机会迟早会到来。

于是，在绝对保密的地下战略防空基地中，日子一天一天过去了。在这种地鼠一般压抑的地下生活中，韩克脑海里常常会浮现柳诗云略带狡黠的笑脸。这种时候，他内心会感到有一种安宁的力量，这种力量仿佛赋予了他一种使命。他不再那么恐惧了，反而产生了一种无所畏惧的感觉。

有一天中午，韩克在基地食堂里找到萧剑锋。他打了饭菜，端着不锈钢餐盘坐在了萧剑锋的对面。

“萧中校，我怎么也想不通，外星入侵者为何能够在这么短的时间内学会人类的多种语言。从理论上说，打个比方，它们自身就像一组无矛盾的命题，而我们——人类则是另一组无矛盾的命题。人类与它们本不相关。它们从不知多少光年外来到此处，即便善于学习，但为何能如此迅速地掌握地球的多种语言呢？对思维而言，通过逻辑概念给定某种对象物的存在，概念联系着、决定着对象物的存在。语言一定要有所指，除非地球语言的所指，与它们的语言——如果它们有语言的话——与它们的语言的所指都有大量共同的对象。比如，水、空气、沙土等，这些物质或许外星上也有，或者从构成这些物质的微观粒子的角度来说，有很多的相似性。可是我们人类的文化，李白、杜甫的诗歌，荷马的史诗，莎士比亚的戏剧，难道它们也能快速习得吗？”

“行了，简单点说，你想说明什么？韩博士！”萧剑锋放下手中的筷子，有些不耐烦了。

“那个黑色怪物看起来也是具有心智的。或者，操控它的某种东西是具有心智的。但是，这种心智，我们可能永远无法理解。我们人类的心智，大多数不具有‘群’的性质，而它，那个不知从宇宙哪个角落冒出来的黑色球体，其心智——如果有的话——却似乎具有‘群’的性质。但是，如果换一个角度看，它所表现的行为也体现出了它的部分心智——”

萧剑锋被韩克学究式的语言害得头痛，苦笑了一下，说：“韩大博士，我们还是直击要害吧。你想干吗？”

韩克说道：“我的意思是，我们可以设法与它沟通。既然它已经开始操控脑机连接人，并通过这群傀儡统治了大部分人，那么我的那个发明——脑电波远距测试仪——或许还真能发挥点作用。因为既然它可以通过人类的语言，经由手机终端和脑机连接操纵人类，就意味着它能够运行某种形式的思想。或许，我可以改进我的发明，在接近它时，在与它对话时，对它进行测试，看它是否会产生类似人类的‘脑电波’，或许，还可像超级测谎仪——测试它所表达的内容是真是假。是的，我想说，如果它有思想，那么理论上推测，它的‘头脑’内部便会产生类似脑电波的波的活动。以现在人类所具有的科技，就意味着有与它进行交流的可能性。”

“我们曾经一度想接近它。可是，现在——要接近它——行得通吗？”萧剑锋眼中充满了疑虑。

韩克沉默了。他用筷子拨弄着餐盘中的土豆丁，思索着，再次梳理着各种线索，尝试将它们在脑海里编织成意义之网。

7月12日凌晨两点半左右，J城的一位女士看到了黑色不明球体出现在省美术馆上空。7月12日凌晨两点半左右，天文学家汪泉教授第一次观测到疑似白洞的天体。然后，当日D号线地铁隧道内，地铁司机看到了黑色不明球体。J城的一位女士和A城地铁司机看到的黑色不明球体可能是同一个吗？几天之后，又有黑色不明球体出现在H城，随后在S城博物馆上空又有黑色不明球体出现。这些都是巧合吗？有没有一种可能，黑色不明球体的出现，与白洞的出现有关呢？

这个念头，在韩克心头渐渐清晰起来。他用筷子夹了一颗土豆丁，摆在饭桌上。萧剑锋看着韩克的古怪行为，有些纳闷。

“假设，这是海王星附近的白洞。”韩克喃喃自语。

接着，韩克又夹了一颗土豆丁放在饭桌上。这颗土豆丁与之前那颗，隔开了一段距离。

“假设，这是地球上A城的汪教授——”韩克突然抬起头，冲萧剑锋问道，“光从海王星到地球需要多久？”

对于太空军的中校来说，这个问题并不算难，萧剑锋随口答道：“四小时左右吧。”

“不错，四个小时左右。有没有可能黑色不明球体正是经由白洞来到地球的呢？”

“为什么这么说？可能吧。但是没有证据支持。”萧剑锋眼中带着疑虑。

韩克用筷子又夹了一颗土豆丁，挨着那颗代表汪泉教授的土豆丁放下。

“萧中校！你看啊。假设黑色不明球体只有一个，而不是几个。7月12日凌晨两点半左右，它被J城女士第一次看到。根据新闻报道，7月12日凌晨两点半左右，汪教授第一次观测到疑似白洞的天体。假设白洞在深空中生成的同时，那个黑色不明球体经白洞被抛射出来，或者它经由白洞主动飞出来，并且以光速从海王星附近到达地球的J城，那么，汪教授观测到四个小时之前诞生的白洞的时间，和那个黑色不明球体到达地球被J城女士目击的时间，就恰好几乎是同一时刻。12日，我是在早晨六点十分左右起床的，然后七点前乘上D号线地铁列车。柳诗云说，当日D号线地铁司机接受采访，说在行车过程中，于地铁隧道中看到黑色不明球体，因受惊而紧急刹车。假设我之前的推断是对的，也就是说，黑色不明球体是用光速到达地球的，那么，如果它想从J城到A城去乘坐早晨七点的D号线地铁，它即便是散步去都显快呢。这就可以解释，为什么黑色不明球体可以在很短的时间内，一会儿出现在H城，一会儿出现在S城，一会儿又在土星轨道附近大战人类飞船。”

萧剑锋愣了一愣，拍手称赞，笑着说：“精彩，精彩的推论。但是，别忘了，这只是猜测，也许，这只是巧合。逻辑上存在巨大漏洞，你说的这些，并不能成为证据支持黑色不明球体来自那个可能存在的白洞。它可能来自宇宙中任何地方，而正巧在汪教授观测到白洞时被人看到了。”

韩克若有所思，注视着萧剑锋说道：“不错。可是，真那么巧吗？萧中校，能否让我们尝试证明一下呢？”

萧剑锋一愣，瞪大眼睛注视着韩克。韩克故作神秘地笑了笑。

次日，萧剑锋中校召集了一次紧急会议。应韩克的要求，邀请了世界探索宇宙委员会的轮值主席罗比，以及D国常驻世界探索宇宙委员会代表希尔伯特先生前来参加。

“黑色不明球体极可能来自不久前被观测到的白洞。而且，它在宇宙中运动的速度，可能达到近光速或光速。”在会上，韩克说出了自己的猜想。

韩克的猜想，得到了罗比和希尔伯特的支持。

“可是，白洞真的存在吗？”萧剑锋问道。

“新闻里说是第一次被观测到。”韩克说。

萧剑锋瞪大眼睛，看了韩克一眼，沉吟片刻，说道：“好吧。看样子我们得回到地面去。我们得找到那个汪教授。我们得弄明白他是否确实观测到白洞，除了白洞，他究竟还观测到什么。只有弄清楚这些，我们才能进一步了解那个黑色不明球体。”

“这么说来，咱们达成一致了。我们得回到地面去。”韩克说道。

萧剑锋紧锁眉头，面色凝重，沉默了片刻，说道：“我们得制订一个严密的计划。一方面要找到那位天文学家，进一步观测白洞——如果这能够帮助解释黑色不明球体的来源之谜，那就太好了。另一方面，我们还得设法接近那个怪物，试图弄清楚它的动机。知道了它的动机，我们才能决定如何应对它。根据情报，它已经通过脑机连接人控制了各国政府。现在，各国的傀儡政府就是它的爪牙。如果我们回到地面，一旦被发现，可能很快便成为各国的通缉对象。”

“它要通过脑机结合人控制各国政府，说明它虽然能够操纵机器与信息，但却无法直接对所有人进行有效管理。它需要管家们。我们回到地面，那怪物即便是法力无边，也不一定会注意到我们这些小如蝼蚁的凡人。我们不是没有机会。之前的情报人员不也成功带回一些消息吗？”韩克的语气中带着自嘲，也透着骄傲。

萧剑锋用赞赏的眼光看了看韩克，说道：“不错。所以我有一个计划。在接近它之前，我们一边去找那位天文学家，一边进行侦察，我们要弄清楚，在那怪物的控制下，各地新建的各种大小设施，究竟都在干什么。”由于来自地面的情报越来越少，此时，萧剑锋还不知道地面发生的一切，不知道新近在黑色不明球体操纵下飞速建成的遍及世界各地的大小脑机连接中心。

“萧中校，你说吧，咱们怎么干？”韩克看着萧剑锋。

按照萧剑锋的计划，很快成立了一个特别行动组。特别行动组的组长由萧剑锋亲自担任，组员包括韩克、柳诗云、韩少杰（之前试图接近黑色不明球体的那个特种兵少校）以及一队十余人的特种兵。队员名单里原来没有柳诗云，可是在她的一再坚持下——萧剑锋考虑到她的黑客技术或许有用，最终还是答应让她加入了特别行动组。太空司令部的王宽上将要求萧剑锋直接向他和程远征上校汇报特别行动组的情况。

听取萧剑锋和韩克的汇报时，王宽上将表达了忧虑：“通信问题怎么解决？如果那个怪物能够经由量子通信发现世界探索宇宙委员会的秘密，那么它就可以破解我们的任何通信。RSA加密算法、椭圆曲线密码在上个世纪30年代就被量子计算机终结了。目前运用的各种各样的量子密码和后量子密码，在我们的世界是不可被数学破解的，但是在外星来客面前被破解的可能难道真的不存在吗？我不敢保证。人类不知经过多少代不懈的努力才获得的智慧的结晶，在外星文明面前，似乎都是不堪一击啊。我们甚至不能冒险进行量子密钥分发。那个怪物若是追踪到我们的通信而又没有耐心进行密钥破解，可能选择对我们进行物理攻击。毕竟，世界探索宇宙委员会总部大楼已经被它直接摧毁了。”王宽上将说完这句话，眼帘低垂了下来，脸上仿佛笼罩着一片乌云。一种严重的挫败感深深打击了这位老资格的军人。但是，作为一名军人，王宽上将也有着坚毅的性格。就是凭着坚毅的性格，他将内心严重的挫败感强行压制了下去，严肃的脸上只留下了一点点挫败感的残迹。

“质数不一定总是所向披靡。不。不一定！但是，我们也不一定要迷恋量子密码。这个时候，我们或许不需要量子密钥。”韩克说着神秘地眨了一下眼睛。

王宽上将一脸迷惑地望向韩克。

“这里有图书馆吗？最原始的那种。”韩克问。

“什么意思？保存纸质书的图书馆吗？”王宽上将问。

“是的。基地可以用最原始的电台广播播放呼号与特别行动组进行联络，呼号可以采用某个版本的纸质书作为密码本进行编码。即便黑色不明球体接收到电台呼号，只要它没有作为密码本的纸质书，它就不可能解码信息。特别行动组可以用高频收音机接收呼号，同时可以用密码本进行编码，然后用无线电发报机来发报。基地可用同一版本的纸质书来解码。”韩克说道。作为纸质书的爱好者、迷恋者和收藏者，想到这个办法不是太难。

“倒是很有道理。可是，或许——那个怪物会留意到我们的无线电信号。不是一点危险也没有。”王宽上将依然满脸疑虑。

“多少年来，人类难道不是一直在向外太空发送无线电信号吗？况且，在世界各地，还有许多无线电爱好者一直在用无线电联络。那个怪物忙于控制地球的一切，不一定会注意到我们的无线电信号。我们不是没有机会。基地内有广播电台吗？”韩克说道。

“当然。”王宽上将笑道。

“研制融高频广播接收功能和发报装置于一体的微型无线电台，这是小菜一碟吧？”韩克问。

这时，萧剑锋笑道：“这个，包在我身上了。”

最终，经过反复权衡，王宽上将决定启用韩克的计划。

“真是绝佳的讽刺！最原始的加密，竟然成了最安全的秘密通信工具。最简单的办法往往就是最有效的办法。”柳诗云做了富有哲学色彩的点评。

“现在我们只需要两本版次相同的纸质书——我们的密钥。还有，我们彼此的信任。”韩克看了看柳诗云，又凝神看着王宽上将。

“基地里没有那种开放的、供人阅览的纸质书图书馆，不过幸运的是，当时有专家坚决建议，应该有个书库，用来保存我们历史上最珍贵的印刷物，包括现代作家的一些重要作品。没想到现在竟然派上了大用场。”王宽上将开怀大笑。

打定了主意后，王宽上将便带着萧剑锋、韩克和柳诗云来到基地深处的那个书库。当书库内的灯光随着库门打开而亮起的一瞬间，韩克被眼前的壮观景象震惊了。这个深藏于地下的书库异常巨大，放眼望去，是一排排往远方延伸的合金制造的书架。在灯光的照射下，银色的合金书架反射出柔和的光泽。每个书架都有很多层，这一特征类似于上个世纪的图书馆。与上个世纪的书架不同的是，这里的每个书架，实际上都是密封的真空盒子。书架的一面，是合金的壁板，另一面则是透明的防弹耐高温玻璃。在防弹耐高温玻璃门被开启之前，书架内部是真空和恒温的。书架里，整齐地摆放着大小不一的书本。这些书本，都是专家们苦心孤诣、从千千万万部著作中遴选出来的。它们是数千年来人类文明的结晶，也是人类文明的象征。尽管它们的内容早已经数字化了，但是作为纸质形态的印刷物，它们被小心地保存了下来。事实是，除了有限的图书馆和私人珍藏的纸质书之外，已经没有纸质书在社会中流通了。自21世纪初开始的数字化浪潮发展到22世纪初，出现了极端表现，不仅不再出版纸质书，而且对人类历史上已经出版的书籍进行了彻底的数字化。经过数十年的工作，存世的每一本纸质书的内容都已经被数字化。节约存储空间和追求便捷性的数字化思维最终走向一个极端，所有书籍经过数字化后页码都被取消了，也就是说，存储系统中的每一本书的内容不再分页，也没有所谓的页码，连历史上曾经出现过的影印版古籍也是如此，经过彻底数字化后其页码也在存储系统中消失了。（这种数字化的极端发展有个衍生影响，即改变了传统学术论文的学术规范标准，对文献的引用不再标注引文在原文献中的页码，而只需标注原文献的作品名和其在电子存储系统中的统一编号。）纸质书数字化的特征正是韩克想出用纸质书作为密码本来进行秘密通信的点子的来源。他相信，那个怪物忙于侵入地球上的各种系统，能够控制以数字化方式存在的信息，但是却不可能在短时间内掌控纸质书中的信息。对于那个似乎无所不能的怪物来说，捧着一本本实体纸质书一页一页翻阅显然是一件麻烦事。再说了，它也没有手啊！或许它还得从“低级”的人类中收买几个作为它的“爪牙”呢。想到这一点，韩克觉得有点好笑。

“你去挑吧。”王宽上将冲着韩克，往书库里指了指。

韩克怀着敬畏之心，慢慢穿行在书架之间，目光扫过不同材质的、五彩缤纷的书脊。《尚书》《论语》《道德经》……《孙子兵法》《文选》……《三国演义》《红楼梦》……《荷马史诗》《伯罗奔尼撒战争史》《高卢战记》《沉思录》……《圣经》《古兰经》……《莎士比亚全集》《战争与和平》《悲惨世界》《约翰·克里斯朵夫》《我的名字叫红》……《自然哲学的数学原理》《爱因斯坦全集》……《算术探索》《拉马努金笔记》……《一个数学家的自白》《通往实在之路》……在地球存亡之际，韩克徜徉在人类创造的典籍之间，看着那些凝聚着人类智慧与骄傲的著作，不知不觉热泪盈眶。《黑洞的数学理论》……它也在！钱德拉塞卡！他看到了那个熟悉的书名，看到了那个熟悉的名字，不禁回想起了自己那个小小的公寓、那个简陋的书架以及自己珍藏的那本《黑洞的数学理论》。曾经的一切恍如隔世。

韩克最终从书架上挑了两本版次相同的长篇历史小说《大宋王朝·王国的命运》。这本书版权页上显示，版次是2018年1月第1版，印次是2018年5月第2版。此书不太厚，方便携带。侦察途中带上一本长篇历史小说，也不易引起别人的怀疑。

“外星人应该不会对历史小说感兴趣吧。这样安全性比较高。它就是我们的密码本了。”韩克说笑间，将其中一本书递给王宽上将。

韩克与王宽上将约定了以数字代表汉字的编码规则，但是不用常规的四个数字代表一个汉字的规则，而采用这样的办法：用更复杂的数字组合代表一个汉字，具体来说是用16个数字代表一个汉字；完整的数字组合中的每四个阿拉伯数字构成一个数字单元，数字单元依次取自密码本的卷次、页码、从上往下的行序（空行不计，但哪怕一行只有一个字或标点符号也算一行）、从左至右的字序（文字、下标点符号都算，但上标符号不计入字序）；卷次、页码、行序、字序都用0开头（如0001代表卷一，0123代表第123页，0011代表第11行，0020代表某行的第20个字）；发报时采用摩斯短码代表每个数字；解码时则通过这组数字找到相应的汉字。

约定好编码规则后，王宽上将问道："你们决定从哪里开始侦察？"

"A城。我们从A城开始。"萧剑锋答道。

特别行动组带上了新研制的融合高频广播接收装置的微型无线电台，带上了韩克在基地内废寝忘食改进的脑电波远距测试仪（韩克改进了量子摄像头的精密度）以及其他一些必要设备和物品，乘坐一艘蝇式飞行器出了太空司令部的地下基地。这艘飞行器早就做好了身份伪装，伪装成一艘民用载客飞行器。它顺利通过了飞行管理局的电子检查进入了A城。飞行器在一座商用大楼的楼顶降落。韩克惊奇地发现，来接他们的人竟然是"魔头"麻青山。

现在，麻青山已经改名叫归心城，是一家商业公司的总裁。更令韩克吃惊的是，"魔头"身后还跟着一个人——胖子陈海王。当他向陈海王投去诧异的目光时，陈海王向他眨了一下眼睛，诡异地笑了一下。到这时韩克才知道，太空司令部有自己的一套情报系统。在A城内，早在黑色不明球体降临之前，就有好几个处于"沉睡"状态的秘密联络站。此时，这个联络站已被"唤醒"了。司令部指派麻青山——也就是归心城作为这个联络站的负责人。韩克找了个机会悄悄向萧剑锋中校打听，麻青山（或者说归心城）不是前特勤处长、太空军星舰的前舰长吗，为何后来做了秘境公司的总裁，现在又做了联络站的负责人呢？萧剑锋简短地给他讲了归心城的故事。原来，归心城本名叫周诚，曾经是太空军星舰队伍中飞行技术最好的舰长。后来，周诚因为得罪了一位小心眼的上司，被降级为太空军的普通地勤人员。王宽上将知道归心城是个人才，重新重用他，提升他担任了副参谋长。麻青山退役后创办了秘境公司并担任首席执行官，继续通过王宽上将与军方保持密切合作。黑色不明球体降临A城后，因为他人脉广、地头熟，便又临危负责联络站的工作。韩克听了归心城的故事，不禁暗暗吃惊。他没有想到，自己心目中那个“魔头”——眼前这个归心城——背后竟然还有一番这样的故事。这就使他不知不觉在内心对归心城暗暗生出了敬意。

归心城将特别行动组一行人带入建筑物内部。这座建筑物内部看起来很普通，像是普通的办公楼。不过，在这座办公楼内，也设置了一些类似于公寓的房间。特别行动组成员很快被安置在一个个单间中。

当晚，萧剑锋将特别行动组成员召集起来商议行动方案。

“联系上汪教授了吗？”萧剑锋问归心城。

“是的。汪教授就在A城内，他住的公寓就在科学院旁边。可是他目前处在脑机连接人掌控的政府的监控之下。”归心城说道。显然，在特别行动组从基地出发前，太空司令部已经派人接触了汪泉教授。

萧剑锋皱起了眉头，问道：“是因为他们发现咱们的人与教授有接触了吗？”

“那倒没有。不过，政府被脑机连接人控制后，似乎对汪教授的观测结果特别重视，专门派了特警去汪教授所住的公寓站岗，连他在天文台的观察室，也派了人去站岗。汪教授几近于被软禁了。”

萧剑锋听归心城这么说，若有所思地看了韩克一眼，似乎在说：“看来，你说的白洞真的与黑色不明球体的降临有关。”

韩克明白萧剑锋的意思，说道：“我们得想办法见到汪教授，尽快问清楚他究竟看到了什么，白洞的观察数据对于我们对付那怪物至关重要。”

“有什么办法接近汪教授吗？”柳诗云问。

归心城看了看柳诗云，又把头转向陈海王，使了个眼色，示意他来说。

陈海王摸了一下山羊胡须，说道：“办法倒是有，根据我的观察，汪教授有个习惯，每周六下午都会去咖啡厅。这个时间，虽然政府也派人跟踪，但是跟踪的人一般不进咖啡厅。”

“在固定的咖啡厅？”萧剑锋问道。

陈海王点点头，说道：“就在距离他公寓三千米处的星悦咖啡厅。这个咖啡厅位于达云娱乐城的七层。”

“那我去与汪教授接触。”韩克自告奋勇。

“我跟你一起去。”柳诗云抢着说道。

“不用，我一个人就行。多一个人，多一分危险。”韩克说道。

萧剑锋这时说："诗云一起去也好。你们俩可以扮成情侣，那样显得更加自然些，也好有个照应。"

柳诗云脸一红，冲韩克说道："是吧！你看萧中校都同意了。"

韩克心里担心柳诗云，但萧剑锋这么说，他也只好点点头，算是答应了。

过了两天，才是周六。下午的时候，天色阴沉，又闷又热。

韩克和柳诗云还没出发，天便下起了瓢泼大雨。他俩乘坐一架小型低空无人驾驶飞行器，输入目的地后，便随着飞行器自动朝星悦咖啡厅方向飞去。柳诗云出发时背上挎包，带了便携式电脑——这可是待会儿装作在咖啡厅消磨时间的重要道具。

飞行器在大雨中如一把飞梭，流线型的外壳毫不费力地劈开瓢泼大雨。在飞行器的舱内，雨点落在外壳上的声音被降噪后，几乎听不见。仅剩的一点声音，也是工程师设计时故意留下的，使舱内人对外部环境保持一种听觉直感。

没过多久，飞行器便提示舱内的两位乘客做好准备，即将进入降落状态。

严格来讲，飞行器不是降落，而是停靠在一座大楼外壁的接驳舱内。在那栋大楼的南侧墙面，整整齐齐地排列着近千个大小不同的飞行器接驳舱。最大的接驳舱，可以停靠可乘坐百人的公共飞行器，小的接驳舱，可以停靠单人飞行器。对于一个城市的大型娱乐休闲综合中心来说，数千个大小不同的接驳舱位已经足够。

韩克和柳诗云等飞行器于达云娱乐城七层的接驳舱内停稳后，便打开舱门，走入娱乐城。娱乐城内的物理环境与黑色不明球体降临前相比，没有多大变化，但是气氛却显得非常诡异，虽然说是周六的下午，娱乐城内的人也不算少，但是所有人都一脸严肃，低声细语交谈。孩子们由家长们牵着，东张西望，目光呆滞。从前，这个年龄段的孩子，总是喜欢打闹嬉戏。他们总是不知疲倦地奔跑，因为一点点莫名其妙的缘由便笑个不停，他们呼喊起来嗓门又尖又亮，如果没有墙壁的阻隔，简直可以传到几里之外。可是，现在孩子们好像都变得乖极了，他们不再像从前那样欢笑和呼喊了。每个孩子的眼中似乎都对外界保持着警惕。他们的父母也一样，严肃的脸上，都瞪着一双呆滞的眼睛。

在洁净而诡异的空间穿行了片刻，韩克和柳诗云很快找到了星悦咖啡厅。咖啡厅里，摆着20多张小桌子。大型娱乐休闲中心的咖啡厅内，几乎与上个世纪一样，少不了成双成对的恋人，也有孤独的老人。不过，此刻，这家咖啡厅里的顾客，交谈时却不像上个世纪咖啡厅里的人那样大声喧哗，所有人都压低了声音说话，仿佛担心有人在窃听。因此，咖啡厅内交谈的人虽然很多，但是汇聚成的声音却是低沉的嗡嗡之声。

幸好，还有音乐。

此刻，咖啡厅里播放的音乐，是十年前的一首老歌——《在金黄色的树林里》。

在白昼　熟睡前，

我与你，

徘徊在，

黄金的树林……

韩克没有想到会在这里听到这首老歌。他下意识地看了柳诗云一眼，心里觉得很庆幸，能够在这个偶然的机会，与她一起听到自己喜爱的老歌。

“我很喜欢这首歌。”

“好听，是一首老歌吧。”

“是的。大约十年前的一首老歌，当时在大学里很流行，现在依然好听。”

“有没有新的领悟呢？”柳诗云笑嘻嘻地问。

韩克一边同柳诗云说话，一边暗地里仔细观察咖啡厅内的人。

有两个穿着西服，神情冷漠的男人坐在靠近门口的桌边。西装的样式，与上个世纪上半叶的样式很接近，只不过衣服的材料已经不是纯羊毛，而是一种闪着光泽的人造纤维，这种人造纤维能够有效地维持人体表面的温度。外部太热时，它能够帮助降温，外部太冷时，它能够帮助升温，从而使人的体感更加舒适。韩克知道这种西服面料价格极其昂贵。

这也太醒目了！不知他们是愚蠢，还是肆无忌惮，或者两者兼有。韩克想笑，但很快就感到一阵悲哀。得避开这两个监视汪教授的人。

“如果我们直接找汪教授，监视的人肯定会发现。”韩克凑到柳诗云的耳边轻声说。

柳诗云也皱起了眉头。

“我去将两个家伙引开。你去找汪教授谈。”韩克说道。

“不行，那样子太危险。”

“也只有这样了。有这两个人在监视，店内四处又都是摄像头。”

“我有个办法。”柳诗云突然做了个鬼脸儿。

“什么？”

“你瞧，那个家伙脖子后有个什么！”

韩克定睛看去，只见背对着他俩的那个西装男的后脑勺下部，有个小小的圆形金属物。此人动过脑机结合手术，是脑机连接人。韩克心里颤抖了一下。这是他第一次亲眼见到现实中的脑机连接人。在黑色不明球体降临地球前，他曾在新闻里看到过脑机连接人。那时，这类人还是人类中的极其少的一个群体，而且机器的功能受到严格限制，并不存在主动操控他们行动的超级机器。换句话说，那时的脑机连接人，更接近于利用机器的人；而如今的脑机连接人，则更接近于被机器利用的人——因为，如今的脑机连接人，已经完全处于黑色不明球体的控制下了。在使用指示代词时，该用“他们”来指代脑机连接人，还是该用“它们”一词来指代呢？如今的脑机连接人究竟还算不算人类？他们（或它们）的思考与行为模式，究竟是怎样的呢？爱、恨、悲伤、快乐等情感，对他们（或它们）来说，是否会被重新定义呢？韩克不禁联想到了阿西莫夫的机器人定律。是该用机器人定律约束他们（或它们）呢？还是该用人性要求他们（或它们）呢？爱、正义、道德与伦理对于他们而言，内涵究竟会发生什么变化呢？对于生存与死亡，他们（或它们）又抱以何种态度呢？如果哪一天，我突然变得和他们一样，我还是我吗？这些想法在他的思想中接踵而来，使他冷不丁打了个哆嗦。

“咱们绕到另一位背后去看看。”柳诗云像情人一样拽着韩克，装作是找位子，往另一名西装男身后走去。他俩看起来确实像一对恋人。此时，韩克上身穿着一件紫色的长袖T恤，下身是深咖色的休闲裤。柳诗云穿着经典的浅蓝色牛仔裤，上身则是一件浅灰色的短袖T恤。她依然戴着那块翠绿的观音翡翠。

不出意料，另一位西装男后脑勺下部也有一个类似的金属物。脑机连接人！

“你想，如果他们是脑机连接人，现在又在执行监视任务，他们的上级想随时控制他们以获得情报，他们的大脑会处于什么状态呢？”柳诗云狡黠地一笑。

“你的意思是，他们此刻都在线？”

“对！八九不离十，他们应该在线，除非他们开小差。不过，我觉得，这两台机器没有开小差的胆子！”柳诗云眼睛眨了眨。

“那又怎样？”

“你忘了吗？秘境公司为何招我？因为我是——超级黑客啊。”柳诗云用手在挎包上轻轻拍了两下。

韩克愣了一下，突然明白了柳诗云的意思。

“走！去点咖啡。”韩克说道。这次，是他主动拽住了她的手。她脸上微微一红，任由手被他牵着走。

柜台前，有几个人在排队。

韩克和柳诗云一边等候，一边观察。他们很快认出了汪泉教授。高高的额头，花白的头发，高度近视眼镜，发胖的身体，暗红色的T恤。之前，他们早已经看过了汪泉教授的照片，熟读了他的资料。

汪泉教授正埋着头，眼睛盯着手中的咖啡发愣。他的旁边，正好有一张空桌子。

韩克和柳诗云要了两杯星悦拿铁，在汪泉教授旁边的那张空桌子坐下了。

柳诗云若无其事地拿出包中的便携式电脑，连上无线网，手指熟练地在屏幕上操作，像一个高超的钢琴家娴熟地弹奏着曲子。

韩克聚精会神地盯着柳诗云，像是一个热恋中的男子看着自己的女友。

过了片刻，柳诗云抬起头，冲韩克眨了一下眼睛，又冲门口那边努努嘴。

韩克朝门口那边看去，只见两个西装男此刻都将脑袋扭向一边，朝着窗子方向。就这个角度，两人都不可能看见汪泉教授。

“现在，那两人就是两台被固定了方向的摄像机。店内的摄像头你也不用担心了。不过，你得抓紧时间。”柳诗云说道。

韩克点点头，端起咖啡杯，立起身，走到了汪泉教授所在的那张桌子边。

“可以坐下吗？”

汪泉教授抬起头，镜片背后的眼睛露出吃惊之色。他点了点头。

韩克坐了下来。

“我们需要您的帮助。”韩克开门见山。时间不允许他犹豫。

汪泉教授眼里带着惊恐之色，朝门口那边瞥了一眼。

“放心，他们现在不可能转过头来。我们黑入了他们的脑机。”

“你——你究竟是什么人？”

“国家太空司令部派我来的。我们要找机会反击。白洞出现后，究竟发生了什么？留给我们的时间不多。请别再犹豫了。”

汪泉教授高高的额头上渗出了汗珠子。

“嗯——我第一次观测到白洞时，别提多么兴奋了。真的，我观测到的是白洞的诞生，而不仅仅是观测到已经存在的它。天哪！当时我想，这完全是运气。真的是运气！我的望远镜一直对着海王星及其周边，观测的范围是锁定的。那个家伙，就在那一刻，突然出现在望远镜中。我意识到，那是一个刚刚诞生的白洞。它的各项物理特征，符合理论上宇宙中有可能存在的、人们猜测中的白洞。我的观测结果证明，曾经一度被认为只存在于想象中的白洞，在宇宙中是真实存在的。我很快向新闻界宣布了这个重大的发现。没过多久，我发现太阳系的引力场发生了局部变化，而且，引力场的变化一度显现出规律。你知道涟漪吧，就像有一种看不见的东西，穿过涟漪。假设地球是涟漪的中心，那么那看不见的东西，正是朝着涟漪的中心而来。我意识到，可能有什么东西，经由白洞来到地球了。这符合白洞的物理特征，它可以从中抛射出物质。你知道的，天体物理学家早就知道的，宇宙中有些物质是不可见的。这个宇宙，如同无边无际的深渊，到处都充满了看不见的东西。冰冷的暗物质。暗物质的数量，远比物质多得多。我们，我们的地球，所有的恒星，就像浮尘，在无尽的不可见的暗物质中飘浮。可是，有东西来了，它是暗物质吗？如果它是暗物质，它应该均匀分布，为何会像幽灵，在太阳系中穿行，直奔地球而来？”汪泉教授说到这里，停住了，瞪大眼睛看着韩克。

“这么说，那个黑色不明球体，就是通过白洞来到地球的。”韩克想起先前的猜测，现在这个猜测基本得到了证实。

“可是它为何而来？”汪泉教授反问道。

“这也是太空司令部想要知道的。”

“它来了，可为何到了地球才呈现出黑色球体的样子呢？”

这时，汪泉教授的眼中仿佛射出一道光。这是一个思考者在触及真正难题时候所独有的眼神。

韩克没回答。他不知如何回答。我可是来寻找答案的啊！韩克心中暗想。

这时，汪泉教授喝了一口咖啡，然后继续说道："我琢磨了很久，它到地球才现形，说明它想借此表现某种东西，或者说，是想借此与地球人沟通。"

"您的意思是，其显示出来的状态，本身就是一种暗示？或者是一种威慑？"

"是。或许。只是它的目的是什么？我不知道。"

"您后来还观测到什么？为什么如今的政府派脑机连接人来监视您？"

"我不知道。他们命我继续观测，随时向他们报告新的观测结果。但是，他们不允许我向新闻界公布观测结果。"

"有什么新发现？"

"有，黑色不明球体摧毁世界探索宇宙委员会总部大楼后不久，白洞消失了。就像得到了某种指令，它就那么消失了。"

韩克吃了一惊。

"您的意思是，这个白洞的出现，不是自然的宇宙现象？而是受到——"韩克感觉自己的舌头仿佛打了结，一时说不出话来。

汪泉教授神色凝重地点了点头。沉默了片刻，他继续说道："也许，白洞的另一头，在无尽遥远的另一头，有一个强大的外星文明。”

韩克听汪泉教授这么说，身上的寒毛不知不觉竖了起来。

“既然白洞消失了，政府还让您观测什么？”

“海王星及其周边区域。”

“海王星？”

“是，他们令我继续观测海王星及其周边区域，并随时汇报观测情况。”汪泉教授盯着韩克，眼神变得更加深邃了。

“也许他们——或者说是它——正在等待着什么？它的跟随者？还是别的什么？”

“是的。它可能在等什么东西——可是，会是什么呢？”汪泉教授说着，身子哆嗦了一下，咖啡杯几乎从手中倾倒。

韩克扭头朝门口看了看，冲汪泉教授说道：“我不能与您聊太久，咱们找机会再见面。您保重，就当一切都没有发生。”说完，韩克站了起来，朝柳诗云走去……

九

穹顶之下

A城城市安全局总部的一间监控室内，数十块电子屏幕轮番播放着A城各地的监控画面。负责数据分析的职员们正各自盯着电脑，不知疲倦地分析着自己电脑上的数据。他们后脑勺的下部，都有一个小小的圆形金属物。这个小东西暴露一个事实，这些人的脑中都已经植入了芯片。

监控室电脑中的数据，是各地秘密探员脑中的脑机连接内置芯片通过无线联网传输过来的数据。监控室的电脑已经对海量数据进行了初步分析和汇总，监控室内的分析员——这些已经具备了机器功能的脑机连接人——负责对这些数据进行深度分析。是否增加这个分析过程，在安全局内部经过了激烈的争论。很多官员认为这个环节是多余的，他们认为仅靠监控室的电脑，就可以深度分析识别出可能存在的各种风险。但是，即便是脑机连接人中，也有一些保守的官员。在这些保守的、老派的脑机连接人的争辩下，安全局监控室增设了这样一个一半依靠机器、一半依靠人脑的监控分析环节。

突然，有一位分析员瞪大了眼睛。他愣了一下，手指仿佛僵在了键盘上，脑中的芯片高速运转起来。几秒钟后，他那双毫无生气的眼睛中，有微光闪烁了一下。脑芯片对他眼睛所见的数据进行了一番处理，并且已经得出了结论——刚才电脑上出现的两个数据条有些异常，这说明有两个探员的脑机连接系统曾被黑客侵入过。他从座位上站起来，冷静地向他上司的办公室走去——此人尽管可以通过脑芯片与上级的脑芯片无线接入，但他此刻却懒得去搜索上级的“脑子”是否在线。太无聊了。总得起来活动一下！反正办公室就在附近，就用最传统的办法去汇报吧。

他敲了敲闪着光泽的银灰色合金门。

“进来！”里面的上司粗声粗气地吼了一声。

他推门走了进去。

局长坐在一张由某种黑色金属铸造成的大办公桌背后，高高的额头，梳着油光发亮的大背头，身上穿着深蓝色的安全局制服。

“有事吗？”

“报告马局，数据显示，有两名秘密探员的脑机连接系统曾被黑客侵入过。”

“什么时候的事情？”

“就在十分钟前。”

“是被什么人侵入的？能查出来吗？”

“不能，对方利用公共网络侵入。咖啡厅内的监控也没有那段时间的影像记录。”

“两名探员是谁，他们在什么地方？”

“是负责监视汪教授的100286和300272号探员。他们就在本城的达云娱乐城内，具体说，是在星悦咖啡厅内。”

“这么说，黑客是冲着汪教授去的。汪教授可有异常表现？”

“那倒是没有。”

“去把娱乐城内对着咖啡厅大门的监控全部调出来。听着！是全部！全部！弄清楚了，汪教授在咖啡厅内的那段时间，都有谁在咖啡厅内停留！什么？——没有明确的目标，那就将咖啡厅内所有人，都用大数据彻查一遍，一定要挖出可疑人物。要顺藤摸瓜。知道吗？要顺藤摸瓜！我们必须消灭他们，不管他们是一小撮，还是一大群，不管怎样，我们都要彻底清除他们。是的，清除他们！这些盥洗室墙上的恶心的霉菌！这些可恶的蟑螂！我们要清除他们！不能让他们坏了我们的事业！”马局长抻着脖子，昂着高高的额头，挥舞着拳头，有些歇斯底里地吼着。

韩克和柳诗云乘坐飞行器，很快回到了联络站。

韩克将从汪泉教授那里获得的情报，一五一十地向萧剑锋做了汇报。萧剑锋意识到事情的严重性，立刻用无线电信号向太空司令部的地下基地发了秘密电报，一方面汇报最新情报，一方面请求司令部允许他们采取必要行动，去弄清楚黑色不明球体降临地球的真正意图。太空司令部那边，则通过事先约好的特定频段，用无线电广播进行密码呼叫，传回了王宽上将的指令。

王宽上将同意了萧剑锋的请求，令他们继续想方设法与汪泉教授进行接触。上将要求，务必进一步弄明白被黑色不明球体操纵的傀儡政府究竟想让汪泉教授观测什么，司令部研判，或许能够由此一窥黑色不明球体降临地球的意图。王宽上将还向他们传来一份重要的情报。根据另一处情报员的报告，在A城西北的库布草原上，建起了一个长五千米、宽五千米的巨大的穹顶型建筑，但尚不知此建筑究竟为何而建，也不知它的内部究竟有些什么。情报称，在建筑落成时，黑色不明球体曾经专门光临过那个宏大建筑的上空。

与太空司令部交换了情报后，已经是傍晚了。归心城是联络站的负责人，主动提出来要请特别行动组所有成员去附近的餐馆聚餐。

“走走走，别磨叽了。即便世界末日，也得吃饭！”归心城一脸严肃地招呼大家。他今天穿着一件咖色的西装，系着一条蓝黄相间的领带。

“归总，您现在比以前帅多了！您知道吗，您从前那条领带，简直是像一大块猪肝哦！”韩克笑着与归心城开玩笑。他现在对归心城有了更多的了解，对他也亲近多了。

“韩克，你这家伙，一点审美都没有！”归心城难得地露出了笑脸。

那边，陈海王听了归心城的咋呼声，顿时来了劲，使出十二分力气拍起手来。

“你赶紧去招呼韩少杰，让他留几个人在站内，其余人都出去聚聚。这地方安全，咱大可安心享用美食去。”归心城冲陈海王喊道。他是有心要尽一下地主之谊。

归心城话音未落，只听会议室的门“哐当”一声巨响，被重重地推开了。

韩少杰闯了进来。他一脸紧张。

“不好，外面来了一队特警，还有五六辆装甲车，大楼上空还盘旋着几架武装飞行器。我们被包围了。咱们得赶紧突围撤离！”韩少杰说道。他脸上的肌肉绷得很紧，但语气沉着，看得出来，他是在尽量使自己显得镇定一些。

归心城脸上顿时没了笑容，语气沉沉地说道：“一定是暴露了。韩克、柳诗云，你们很可能被盯上了。”说话时，他瞪了韩克一眼。

这时，窗外传来扩音器的声音：“楼内的抵抗分子，请放下武器，出来投降！你们的抵抗在神的面前，是没有用的。”

“哼，他们将那怪物奉为神了！”陈海王满不在乎地哼了一句。因为生气，他的胖脸看上去突然鼓了起来。

“当务之急，咱们先突围再说。归总，除了我们来时的那架飞行器，咱们这里还有几架？”萧剑锋问道。

“还有一架。同你们来时驾驶的那架不同，我们那架有武器装备。现在特警方面有五六架攻击型的飞行器，咱们如用两架飞行器突围，其中一架还是商用的，从空中突围的风险相当大啊。不过，我有一个计划——”归心城仿佛卖关子一样，打住了话头，看看萧剑锋，又朝韩克看了一眼。

“你说。”萧剑锋说道。

“我的计划是，由韩少校带几个人驾驶那架有武器的飞行器，由我驾驶你们那架商用飞行器，由陈海王带剩下的人经由秘密地道，离开联络站。秘密地道的出口是个车库，那里有一部两座氢动力轿车，两部氢动力越野车，以及两部商务车，这些车足够特别行动组全部人员撤离用。所有车都没有连入万能网，所以它们是独立运作的，没有受到黑色不明球体和傀儡政府的监控。每部车里都有基本的应急生存装备，以及能保证生存一个月所需的能量棒和饮用水。车里早就预备了数套紧急情况下可用的身份伪装用品。韩克、柳诗云，你们极可能暴露了，为了安全起见，你们俩驾驶那辆轿车，戴上隐形眼镜，改变瞳孔颜色，还要戴上假发，最重要的是要戴上微塑型牙套。牙套可以改变你们的脸型。记住，你们原来的身份极可能已被识破了。你们上车后，得立刻侵入万能网——车里有备用电脑——在摄像头拍下你们之前，你们要为自己在万能网内建立假身份，包括输入你们新的脸部照片。备用身份的可用信息已经存在备用电脑中。做完这些后，你们即便被摄像头拍摄到，短时间内，他们也无法判别你们的身份。这方面，柳诗云是高手。当初招你入秘境公司，我便相信你有这个能力。萧中校等人的假身份应该还没有暴露，暂时是比较安全的。大家赶紧驾车分头撤离。我出去后，将他们的武装飞行器引开，韩少校负责驾驶那架武装飞行器攻击装甲车，掩护你们突围。一旦突围，咱们就去A城的XYG-03联络站会合，然后再做打算。这是XYG-03联络站的地址，你们拿着。老萧，瞧你，怎么一脸伤感呢。放心吧，你是知道我的驾驶技术的。驾驶星舰在深空遨游都没问题，驾驶低空飞行器，那就像玩儿一样。”归心城说话的时候，思路清晰，语速很快，神色极为冷静。说完，他重重拍了一下萧剑锋的肩膀。

“这——那你小心。”萧剑锋眼睛有些发红，一时间说不出更多的话来。他清楚归心城的飞行技术，但是仅仅凭借一架商用飞行器和一架武装飞行器，去突破五六架攻击型飞行器的合围，确实凶多吉少啊。他怎能不为归心城担心呢！

“别犹豫了，时间来不及了。”归心城厉声喝道。

“你需要几个队员？”萧剑锋问道。

“不用，我一个人就行。飞行器是商用的，没有武器系统，人多了，反而更加冒险。韩少校需要带几个人操控另一架飞行器上的武器。海王，特别行动组就交给你了！知道了吗？”归心城冲陈海王吼了一声。

“是！”陈海王立正行了个军礼。

窗外，攻击型飞行器发动机的轰鸣声已经很近了。

“楼内的人赶快投降，给你们三分钟时间考虑。三分钟一到，我们将武装进入！”外面的扩音器里传来了最后通牒。

“快！行动！”陈海王大喝一声，冲众人一招手，率先冲出了会议室的大门。会议室内的人跟着他奔了出去。

“我得先去取脑电波远距测试仪和微型无线电台！一会儿楼下会合。柳诗云，你跟着海王。”韩克不等陈海王答应，便往作战室奔去。

柳诗云呆了一呆，正想跟着韩克跑过去，陈海王早已一把抓住她的手臂，旋即冲韩克大声吼道：“在地下三层电梯出口等你！”

归心城和韩少杰冲出会议室后，没有跟着众人乘坐电梯下楼。他们飞快地往走廊的另一头奔去。那头连着飞行器接驳舱，一架蝇式商用飞行器和一架武装飞行器在那里等着他们。韩少杰一边奔跑，一边通过智能耳麦，呼唤几名队员赶到飞行器接驳舱，同时指示剩余队员赶去秘密通道与萧剑锋等人会合……

韩克驾驶着那辆氢动力轿车冲上暗夜中的街道。车身是再寻常不过的黑色，车窗是由防窥玻璃制成的，车内的人能看到外面，但是从外面却看不到车内。通过贴玻璃膜防止窥视的技术早已经被淘汰了。

刚才，韩克和柳诗云一上车便立刻按照归心城的指示，在极短时间内，完成了简单的易容。柳诗云则发挥自己的特长，以罕见的速度黑入了万能网，为自己和韩克制造了假身份。韩克在取微型无线电台和脑电波远距测试仪时，还顺手从作战室门边的衣架上扯下两件夹克。或许以后用得上。他当时心里这样想，随后把它们一起塞进背包，扔在后备厢里。

此时，韩克手握方向盘，从汽车后视镜中瞥见，一个街区外耀眼的光芒闪烁不停，照亮了一大片夜空。那些光芒中，有的是滚动的光团，有的是闪耀的光索，它们仿佛在暗夜中狂舞，又仿佛在暗夜中忙碌地编织，编织着暗夜里的一张诡异的光网。高性能的消音装置将剧烈的爆炸声和密集的枪炮声彻底挡在车外。但是，韩克知道，那是韩少杰驾驶的武装飞行器与特警们交火了。至于归心城驾驶的商用飞行器的命运如何，韩克却无法从那些火光中判断出来。想起韩少杰和归心城，韩克心里充满了愧疚。虽然他对他们并无深入的了解，但他清楚地知道，归心城和韩少杰是为了挽救特别行动组，才做出了战斗的选择。他们能够活下来吗？韩克只能在心里默默祈祷他们能够平安突围，祈祷来日能再与他们相见。

柳诗云坐在副驾驶座位，不时惊恐地扭头看着车窗外面。几分钟内的死里逃生，她现在回想起来，仿佛是一场前世的梦。现在，当她看向身旁的韩克时，突然感到一种前所未有的安全感。她喜欢在他的身边。在她心中，爱意像棵树苗，在短短的几分钟之内，又长高了很多很多。

萧剑锋、陈海王等人分别驾驶了另外的车突围。为了不引起注意，他们出发前商量好大家先分头行动，等危险解除后，再到

XYG-03联络站会合。

然而，当韩克驾车赶到XYG-03联络站附近时，他看到，那个联络站所在的街区，发生了巨大的爆炸。爆炸引发的极度刺眼的火光直冲天空，像是给他发出了一个严重的警告。

不好，XYG-03联络站一定出事了！韩克猛地转动方向盘，急急地拐了一个弯，往一条黑暗的街道驶去。

联络站出了事，又无法联系上萧剑锋和陈海王等人，这让韩克有些不知所措。驾车在黑暗的街道行驶了片刻，韩克渐渐定下心来。他想起归心城提到的库布草原发生的事情，便决定不如先去那里做一番侦察，然后再做打算。

十五分钟后，韩克驾车载着柳诗云顺利出了A城，开上了通往库布草原的高速路。如果萧剑锋等人活下来，一定会设法与我们联系。微型无线电台、脑电波远距测试仪现在同基本生存装备都放在后备厢里。我们还有机会！韩克这样想着，然后将车设置成自动驾驶模式，紧绷的神经稍稍放松了下来。

“多少年来，人类一直都希望与外星文明有接触，可是没想到第一次接触竟然是这样的结果。”沉默了许久后，副驾驶座位上的柳诗云突然伤感地说道。

韩克没有马上接话，他盯着汽车的仪表盘，一脸茫然。曾几何时，他也对宇宙、对外星充满了向往。可是，从某个时刻起，那种对宇宙、对未知的向往，被深藏心底的伤感和愧疚渐渐湮灭了。他依然对宇宙充满了好奇，但是却渐渐对人类不断突破的科技（这也包括了他自己发明的脑电波远距测试仪）产生了一种莫名的反感。他对人类科技的信念已经动摇了，对人类在宇宙中的地位的信念，也同样动摇了。此刻，他盯着荧光闪烁的电子仪表盘，竟突然感到有些恶心。

它们究竟是什么？的确，它们是人类制造的，帮助人类分析和处理数据，帮助人类处理很多自己无法轻松处理的任务，它们让人类生活得更加轻松。可是，如今人类已经对它们产生了过度的依赖。它们可以没有人类，人类可以没有它们吗？脑机连接人，已经可以拥有电脑一样的数据分析和处理功能。可是，他们还保留着人的大脑，所以他们一定还有人的思想，他们一定也依然保留着社交的欲望。可是他们更倾向于人，还是更倾向于机器呢？如今，各国政府已经被那个怪物操纵，脑机连接人成为全人类的直接统治者，在他们的背后，则是那个大怪物，那个黑色不明球体。它究竟是什么？至今，我们甚至连它是什么物质构成的都不清楚。它没有人类的形体，也没有动物的形体，它没有可以弯曲的关节，也没有柔韧的肌肉，它没有宜人的容颜，也没有科幻小说中描绘的异形身体分泌出的那种黏糊糊的、令人恶心的体液。它是坚硬的，还是柔软的？它究竟是什么东西？！它是外星人吗？还是外星来的具有独立思想的机器，抑或是受外星人操纵的机器？现在我们反抗的究竟是机器，还是生物？如今，它已经操控着地球上所有的脑机连接人，它已经将地球上的机器和半机器人构建成了一个可怕的网络。这部车子，能够一直脱离它的控制而前行吗？这部车子会不会在某一天某一刻也被那个可怕的怪物侵入呢？

思想的波涛在韩克的脑海里翻滚了许久之后，他才突然想起，应该回应一下柳诗云。

“不能让那怪物得逞。地球是我们的家，是我们人类的家园！”韩克说道。

“归心城说得没错。一定是我们暴露了。我犯了一个错误。”柳诗云突然捂着脸哭了起来。

“为啥这样说？你想起什么了？”

“当时，我只是黑入了星悦咖啡厅里的摄像头，却忽视了娱乐城内其他的摄像头。只要他们对所有摄像头的记录进行分析，就能锁定进入咖啡厅的人，然后再比照大数据进行深度分析，只要有足够的时间和耐心，他们一定可以发现我和你的可疑之处。你知道，数据分析和挖掘，对于超级电脑和万能网来说，不是什么难事。更何况，还有那个看起来无所不能的降临者。”

“就算真是那样——也不是你的错。别再多想了。总有一天，我们会反击的。”

“我们的反击。能成功吗？”

“不管它是什么东西，可我们是人!”

“可是，我们，人，能打败它吗？”

韩克沉默了。他没有回答。过了片刻，他抬起手，像是负气似的，在汽车仪表触屏上的一个虚拟按钮上重重地按了下去。瞬间，汽车的自动驾驶功能被解除了。

方向盘又重新回到了韩克的手中。

氢动力轿车飞快地向前行驶着，在冷寂的暗夜中穿行。

次日清晨，在汽车导航的指引下，韩克驾车到达了库布草原的边缘。库布草原这个名字，是本世纪初期才确定的。草原位于X国西北部的边境地带。柳诗云将电脑接入网络，经过一番对图像、数据的搜索和研究，在这个草原中锁定了一个区域。在卫星影像里，这个区域的图像数据资料出奇的少，似乎已经经过刻意的删除处理。柳诗云认为，这个区域与之前王宽上将获得初步情报指向的区域大致吻合，因此建议韩克驾车直接前往那个不明区域。

韩克按照柳诗云的建议，驾车继续沿着高速路往草原深入。行驶了许久之后，韩克透过前风挡看到前方地平线上一堵黑色的高墙仿佛突然拔地而起。这堵黑色的高墙很长，延绵在广袤的草原上。前面不远处，有个十字路口，韩克注意到，前方所有的车辆都在那里拐了弯，朝西或朝东驶去。那个路口有直行的路，只不过现在禁止通行。就在那个十字路口，有几个穿着制服的军警，荷枪实弹站在装甲车旁边。他们背后那条直行道，一直向那堵几乎高耸入云的黑墙延伸。黑墙的上缘，露出了一个巨大建筑物的银色穹顶。清晨的阳光照在那个穹顶上，闪着刺眼的光芒。那个穹顶建筑物虽然没有露出它的全部，但哪怕仅仅看到它的顶部，就知道它体积大得惊人，大得奇幻，大得简直不像是地球上的物体。大，对人类来说，是一个奇妙的概念。这个大建筑物，则是这个奇妙概念的一个现实的体现，也可以说，是人类无尽创造力的象征，也是人类无尽欲望的象征；是人类对自身意识的一种放大，也是人类对宇宙印象的一种潜意识反映。与宇宙相比，在人类不太长的历史中，曾有不少伟人叱咤风云，在他们伟大却短暂的一生中，利用权力、武力、威望和各种手段，调动各种资源，建造起各种各样的巨大的、庞大的、宏大的建筑物。巍峨的金字塔，连绵数千里的长城，巨大的宫殿，宏伟的水坝，庞大的空间站，所有那些庞然大物，都可以说是人类的骄傲与荣光。庞大的建筑物，是人类对空虚的反抗，是人类与无垠的对峙。可是，空虚与无垠或许对人类这些努力不屑一顾。如今，人类——脑机连接人统治的人类——再次制造出一个庞然大物，超越了人类历史上曾经出现过的所有巨大的建筑物，似乎要向宇宙再次发出自己的怒吼——一种无声的、经由庞大的建筑物而发出的怒吼。不过，即便是这样的怒吼声，最终也必然消失在无边无垠的宇宙中。韩克瞪大眼睛，望着矗立在面前的宏大奇迹，他震惊了，心里却感到一种沉重的悲哀。突然，他内心一震，从悲哀的深思中清醒过来。他察觉到身边的柳诗云在盯着自己，便扭头看了她一眼。

柳诗云此时戴着栗色的假发，假发很长，带着大波浪，使她看上去比之前更加妩媚性感。她现在的瞳孔颜色比她的瞳孔本色显得更黑，倒是与假发的颜色很是搭配。由于戴上了微塑型牙套，她脸部的线条变得更加明显了，因此，在她原有的那种温柔机灵的气质中，又增添了几分硬朗。

韩克也戴上了假发，它比真头发要长一些，有点乱，看上去像鸟窝。他也戴上了隐形眼镜，这个隐形眼镜具有自动矫正视力的功能，所以，他已经把那副廉价的黑框眼镜收到了眼镜盒里。微塑型牙套也微微改变了他脸部的轮廓，使他看上去比原先胖了一些。借助这些微整形，他们骗过无处不在的电子眼监控，从形象和数据上切断了他们与过去的联系。

“你看那边。”韩克从方向盘上抬起一只手，往西边指了指。

柳诗云扭头往车窗外望去。

“什么？”

“铁轨。一直通到那堵黑色高墙里面的铁轨。应该是为运输铺设的。”

“你说，穹顶建筑里，究竟有什么呢？防卫看起来很森严，很难靠近。咱们该怎么办？”

“硬闯肯定是不行的。咱们先到前面，往西拐，这样可以靠近高墙一侧，沿路咱们再仔细观察一下情况，看看有没有机会进去。”

“也不知‘魔头’和韩少校现在怎么样了？还有，萧中校、陈海王他们，也不知现在究竟在哪里。”柳诗云不知为何，此时口中突然冒出了这些话。

韩克扭头看了她一眼，只见她眼中泪光盈盈。柳诗云方才那句话，同样也触痛了他的心。他想说句安慰的话，却不知说什么好，只好又扭回头，默默地盯着前方。

提示前方有路口的路牌从眼前闪过。

车子渐渐靠近了路口，前面车子的车速都慢了下来。

往左拐弯的时候，韩克扭头瞥了一眼。现在那条通往黑色高墙的直道正好转到了他的右手边。一瞥之下，韩克观察到，从十字路口前往黑色高墙的距离估摸着还有三千米。此时，这段公路上一辆车也没有。路口的特警们看起来有些百无聊赖。韩克继续驾车顺路往西边驶去。他注意到黑色高墙一直往西北方向延伸。公路顺着高墙的方向也向西北方向延伸而去。它的走向，几乎与高墙平行。韩克估计，再往前，到了某处，这条公路应该会分岔，其中一条应该会从西边绕过高墙，然后通向北方。

往西边拐弯后，韩克抬头看了一眼不远处的路牌。路牌显示前方一千米处有铁道和公路的交叉口。为了不引起军警的注意，韩克沉住气，驾车尾随着前面的车子，慢慢往前开去。不一会儿，前面的车子被拦停了。韩克跟着前面的车子，也停下车，熄了火。原来，前面已经是铁道与公路的交叉口。

铁轨两边的栏杆刚刚落下，即将有火车通过。等候的时间，给韩克和柳诗云提供了进一步观察周围环境的机会。

不一会儿，柳诗云轻声说道：“来了！”

韩克透过前风挡注意到有一列火车不紧不慢地驶了过来。这是一列磁悬浮载货车——人们沿袭传统的叫法，还是习惯上称它为“火车”，但它实际上是靠氢动力和磁力混合驱动的。它正常行驶的速度高达每小时800千米。现在，为进入黑色高墙内的终点站，它已经开始提前减速。

这列磁悬浮列车的前半截，运载的是全封闭的、漆成各种颜色的集装箱。谁也看不到集装箱里面装的是什么。列车的后半截，虽然不是封闭式的，但是也看不出运载的是何物，因为所运之物，都用巨大的军绿色帆布蒙盖着。

列车没有在高墙外停留，当它的车头驶近黑色高墙时，前方高墙厚重的金属闸门便自下而上升起，露出了一个巨大的通道口。列车便如一条恐怖的长蛇，钻入一个巨大的洞穴。

列车通过后，铁道口的栏杆便升了起来。

韩克驱车缓缓通过铁轨。他扫了一眼，发现铁轨很宽。这铁轨不是寻常的铁轨，而是在黑色不明球体降临地球后，为进行特殊的运载任务而铺设的大铁轨。显然，列车也是根据特殊运输任务而改造的。

“我们得设法进去。”韩克说道。

“想到办法了？”

“他们太自大了，运货列车没有武装押送人员。你没注意到吗？而且，列车刚才通过路口时的速度不快，看上去，还在继续减速。这就是说，在靠近黑色高墙前，它的速度会变得很慢。一定还有下一列。”韩克说。

“可是，不管它减到什么速度，如果我们无法接近它，一切都是徒劳。咱们如何上列车呢？你想把汽车就停在路边吗？如果你将汽车停在路边，那就太醒目了，很快会被他们发现的。那太冒险了！”

韩克点点头，再次扭头看着车窗外，沉默了片刻，说道：“你说得对。咱们再找找机会。”

韩克继续驱车沿路不快不慢地前行。在他的右边不远处，黑色高墙矗立在草原上，像一条黑色长龙，仿佛没有尽头。草原上，野草已经长得老高。因为此地已经禁止放牧，所以野草肆意地生长。在高速路两侧，每隔500米，便有一个电子摄像头。

“我猜，往那堵高墙内运货物的列车，绝对不止一个入口。那个穹顶建筑物太大了，不可能只有一个运货入口，那样子运输成本就太高了。如果判断没错的话，我们很快会到下一个铁道与公路的交叉口。我们要在到达那个路口前，想出办法。”韩克对柳诗云说。

“你确信前面还有铁道与公路的交叉口吗？”

“我猜的。”韩克毫不掩饰地说。

“如果前面真的还有你猜的铁道与公路的交叉口，或许有办法。‘在庞大的物体之间或在辽阔的领域内移动，那是极容易的，而要抓住面前的单个事物，却极困难。’”柳诗云又露出常有的狡黠神态。

“格里尔帕策尔。”

柳诗云一愣，对韩克道破自己的引语来源显得甚是诧异。

“你快黑入交通控制系统，查看一下。”韩克说。

柳诗云低着头，在便携式电脑上飞快地操作了一番。过了一会儿，她抬起头，微笑着点了点头，说：“有交叉路口，而且，从系统信号来分析，应该很快有列车从前面那个路口进入黑色高墙。”她接着说。韩克听完沉默了片刻，点了点头表示赞同。

两人继续驾车行驶了一段路，突然柳诗云指着前方，惊喜地大喊：“看，路牌！”

路牌提示，前方三千米处有铁道与公路的交叉口。

柳诗云低下头，双手再次在便携式电脑上飞快地操作起来。她已准备多时。

过了片刻，柳诗云握起双拳，欢呼了一声，兴奋地说道：“耶！成了，前面三千米内的摄像头全部被我黑入了。监控方面的信号会显示此段线路故障。快，行动吧。”

韩克闻言，迅速打开车子的双闪，方向盘一转，将车驶入应急车道。停下车后，两人飞快地下了车，打开后备厢，麻利地背上装有微型无线电台、紧急生存装备和食物的袋子，翻过了公路边的隔离栏杆，钻入了又高又密的草丛。

韩克和柳诗云猫着身子，在草丛中朝西边的铁轨摸去。如他们所料，高速路的那段电子摄像头的“线路故障”，暂时没有引起监控方面的重视。

他俩在草丛中摸行了一阵，便看到了前方的铁轨。

风吹过草原，野草像波浪一样涌动。它们发出的声响，也如波涛声绵绵不绝。借着野草的掩护，他们很快摸爬到铁轨边上，趴在草丛里。这里，没有电子摄像头。

风声和野草摇摆发出的声音单调地响着。单调的声音制造出一种寂寥、荒凉的气氛。韩克趴在草丛里，有那么一刻，仿佛把所有的凶险都忘记了，体验着一种从未有过的空虚与孤寂。他脑子空空地盯着几步之外的铁轨，鼻子中却闻到了一缕幽香。他扭头看了一眼旁边的柳诗云，她正好也微微仰头注视着前方。那块观音翡翠，在她脖子下微微晃动着，韩克的目光正巧落在她戴的那块翡翠上。记忆中的画面突然浮上心头。想象与现实在一个空间中交汇。他忽然感到鼻子有点发酸，眼中几乎流出泪来。他呆呆地看着柳诗云，神情有些恍惚。

“你怎么了？”柳诗云察觉到韩克神情异样。

“没事，我突然想起了我妈。我妈有一块类似的玉，不过材质是普通的岫玉，颜色没你戴的翡翠那样绿。我曾经想给她买块真正的观音翡翠，可是至今没能兑现。”

“你妈妈——”

“她已经去世了。永远不会再有机会弥补了。”

“对不起。”

“没事。”

“我妈去世时，我没能赶回她的身边。当时，我正在外地，要做一个科学演讲。我妈打电话给我，我跟她聊了几句。因为演讲马上开始了，我只能对她说，我得挂电话了，我不能再跟你聊了。于是，我准备挂电话。在电话那头，我妈暂时没有挂断电话，我听到她说的最后一句话，是她在电话里说的。你知道那句话是什么吗？她说：‘阿克说，马上就要开始讲座了，不能再同我说话了。’我知道，那是我妈对着我爸说的。当时，我以为我爸在她身旁。就是那天中午，我妈不小心头部磕在了茶几上，随后发生了脑溢血，送到医院后就再也没有醒来。她因为生病，曾经有过一次脑溢血，半边身子不能动。凭着坚强的意志，她经过两三年的恢复，奇迹般地重新站了起来。可是，她毕竟还是站不稳，需要人搀扶才能行走。后来我问父亲，那一天，母亲说了那句话，紧接着又说了什么话。可是父亲说，他当时在厨房做菜，所以没有听清楚。不过，父亲告诉我，那时母亲挂了电话后，确实还说了一句什么话。但是，母亲挂了电话后，究竟又说了一句什么呢？我永远不可能知道了。我知道那是一个意外，我仍然忍不住常常想，早知道会那样，我宁愿放弃那次科学演讲。就是这样，你永远不知道下一秒会发生什么。你听到的亲人的某一句话，或许——或许就是她对你说的最后一句话。我母亲去世后不久——两年后——我父亲也因病去世了。”韩克说到这里，嗓子沙哑了，像被塞住了，再也说不出一个字。

柳诗云听韩克突然说了这一番话，顿时明白了他放弃原来的专业和事业的真正原因。她也曾出于好奇，问过韩克为何放弃原来的专业，可是之前韩克一直都没有回答。此刻，她终于明白了。

“韩克，那不是你的错。”她不知如何安慰才好，情不自禁地伸出手，轻轻地抚摸着他的脸庞，她的掌心，感觉到了他流下的热泪。

此刻，只有草原上的风和野草，发出单调的声音。

过了片刻，韩克平静下来，说道：“我没事了。你看，高墙的防卫很森严，墙头到处都是监视器。”

“有我呢。机器统治的世界，有它致命的弱点，那就是它过度依赖机器。”柳诗云做了个鬼脸儿，轻笑了一声。阳光照着她栗色的卷发，仿佛为每一根发丝都蒙上了一层薄薄的光彩。

韩克不禁也微笑了一下。他没有意识到，这是很多天以来，他的第一次舒心的微笑。

突然，一阵低沉的“嗡嗡”之声传来。

“正如你判断的那样，果然有列车来了。”韩克轻轻地说了一句。

柳诗云往铁轨那边看去，果然看见有列车缓缓往这边驶来。这也是一列载货车。列车的车身闪着冰冷的金属光泽，像个巨大的怪物，带着它的猎物，响应着主人的召唤，正要回归它的巢穴。

因为渐渐靠近黑色高墙，列车已经减速，速度很慢。列车的后半截与之前他们看到的那列货车一样，也用军绿色帆布蒙盖着。

韩克和柳诗云从草丛中飞快地蹿出来，非常利索地爬上载货列车，掀开了军绿色帆布，藏了进去。柳诗云在黑暗中启动便携式电脑，黑入了系统，找到了黑色高墙西部入口处的摄像头。她果断地在键盘上敲了几个命令，切断这些摄像头的信号，并代之以电子摄像头之前拍摄到的其他列车驶入高墙的影像片段。

“等他们发现就已经晚了。”黑暗中，柳诗云轻声对韩克说。

没过多久，他们感觉到列车停了下来。

他们从帆布的缝隙往外窥视，只见外面四处停着大小不等的起重机和运载车辆，其中有一些是超重型运载车。不少穿着暗灰色制服的工作人员，正在现场监督货物装载。不过，这些人一副懒洋洋的样子，似乎都只是站在一旁看看，并不动手作业。

近一个世纪以来，人类已经很少自己从事搬运、装卸这类简单工作了。搬运和装卸任务都交给了各种型号的机器人。人类自身，大多从事一些监督工作——就好比牛奶车间流水线旁边的工人，只有在牛奶盒意外翻倒时才动一下手去扶正。一个不争的事实是，随着机器的更新换代，机器人智能的不断发展，人类中从事简单工作的普通人，在被减轻了劳动负担的同时，也渐渐荒废了自己在精神和智力方面的训练。在本世纪，精英只是人类社会中的极少数，大多数人的工作机会，已经被机器人取代了。这是社会高度人工智能化、机器人化带来的后果。长期以来，在追求更高技术、更便捷生活的动力驱动下，亿万普通劳动者在智能社会美好理想的带动下，满怀欢欣地迎接着自己的未来。然而，他们没有想到，当大多数底层劳动者的工作被机器人取代后，他们并没有充分享受到智能社会带来的福利，他们因为没有工作机会，也失去了收入来源。在需要人工操作的有限的岗位上，其发挥的作用也越来越小了。而在这些岗位上工作的普通人，在可有可无的工作状态中沉浸太久，也渐渐失去了活力。在韩克和柳诗云所看到的这个工作现场，真正的人类，同样没有避免这种命运。监督机器人的那些工作人员——这些普通的劳动者——多多少少都有一些疏懒的作风。

“咱俩上那辆‘机器人载运车’。”韩克向列车旁边一辆巨大的“机器人载运车”指了指。

严格地讲，那辆“机器人载运车”，其实就是一个巨型智能机器人——它既是机器人，又是载运车，所以有了这样一个像是矛盾体的名字。韩克注意到，那辆大货车——或者说机器人——不是靠轮子行进的。它有四只钢铁铸造的机器脚。机器脚很大，每个脚后跟都有一个凹槽。凹槽内，藏上三五个人一点问题都没有。在它的身体两侧，则各有两只巨大的机械臂，每只机械臂都有像人一般的五指——当然，是机械的，钢铁铸就。这个巨型机器人就是用它那巨大的机械手指，抓紧货物，像人一样将那些不太规则的货物搬上自己的“后背”——载货平台，并且它还会像人一样，仔细将那些货物放稳安顿好。最后，它的四只手臂，还会弹出钢索，将货物牢牢固定在平台上。任务可以完成得相当完美。

既然打定主意，他们便不再犹豫，趁着工作人员不注意，轻轻掀开帆布，从列车上爬下，飞快地奔向那个“机器人载运车”，躲入它的一只机器脚脚后跟的钢铁凹槽内。

他们躲入钢铁凹槽，攀着锈迹斑斑的边缘，抬头看去，只见机器人正用它那巨大的机械臂从列车上卸载货物。

它搬运的货物是——一棵巨大的银杏树。这棵银杏树看起来很古老，没有数百年是长不成这个样子的。银杏树的根，还带着土包。它的叶子有一部分已经变得金黄了，但是大部分叶子还是绿的。

韩克和柳诗云都愣住了。

它们这是在干吗？搞环保移植吗？

过了片刻，机器人似乎把银杏树在载货平台上固定好了。钢铁大脚开始迈步了。机器人迈开了大步，往超级穹顶建筑飞快地走去。

韩克和柳诗云继续从钢铁凹槽内往外偷窥。他们看见了一个无比壮观的场景。只见巨大的站前广场上，数十辆普通载货车和数十个大型机器人，正装载着各类货物和大小集装箱，朝着超级穹顶建筑的数个入口前进。它们就像一支装甲运输队，不知疲倦、无所畏惧地行进着。

没过多久，韩克和柳诗云被那个巨型“机器人载运车”带入了超级穹顶建筑。柳诗云故伎重演，黑掉了穹顶入口处的摄像头。很幸运，他们没有被发现。进了穹顶建筑，呈现在他们眼前的景象，将他们的吃惊度提升到一个新的层次。他们看到的是一个巨大的银色物体。它太大了！它的主体呈半球型，半球型下半部以一定的弧度向外延展，整体形状于是看起来像顶巨大无比的旧式礼帽。韩克和柳诗云偷偷钻到这顶巨大“礼帽”的边缘下方。他们抬头仰望，发现它的“帽沿”下面，有一圈巨大的圆孔。圆孔下面，是巨大的深井。韩克猜测，那一圈巨大的圆孔，应该是引擎的喷射口。他们虽然看不到它的全貌，但是从它躯壳的轮廓来判断，它应该是一艘无比巨大的超级星舰。它的外壳是银色的，光滑无比，但是仅靠肉眼无法分辨其材质。很明显，机器人是在往这艘超级星舰上搬运货物。它们所搬运的货物真是千奇百怪，无所不有。仅说那些能够被他俩看到的，就包括各种各样的岩石、树木、大型动物（它们被关在巨大的玻璃钢箱柜内），以及大型机械设备。他们看到了世界上最大的动物之一——蓝鲸，被关养在一个巨大的透明水箱中。他们看到，一些巨大的铁笼子里，装着大象、虎、豹、犀牛、长颈鹿。他们看到了牛、羊、猪、狗等动物被装在一些较小的笼子里。那些小型的物品，小的动物，还有千百万种昆虫，会不会都被装在集装箱里呢？韩克和柳诗云被惊呆了。更令他们吃惊的是，H城碧玉湖中三潭印月的三座石塔也在其内。

在星舰的几个入口处，载货机器人和载货车都排着队，依次接受严格的检查和通体辐射扫描。

“该撤了。”韩克对柳诗云说。他知道不能再继续冒险前行了。星舰内部的防卫设施究竟如何运作，他们一点不清楚，也没有办法去了解。

“莫非它们建的是一艘22世纪的诺亚方舟？”柳诗云说道。

“如果是诺亚方舟，用宝贵的空间去装三潭印月的石塔干吗？肯定不是。”韩克摇摇头。

“那它们究竟为何如此大动干戈？”

“一定有其他原因。”

“难道那黑色不明球体是来自宇宙深处的宇宙考古学家不成？”

柳诗云的这句话，令韩克心头一震。他突然想到一种可能。这种可能性让他不寒而栗，浑身汗毛刹那间竖了起来，一股寒气从后背直冲头顶。

“走！得尽快出去。我们必须搞清楚那个黑色不明球体的动机。我们得尽快回A城。”韩克说道。由于恐惧，他的声音变得有些发颤。

十

接触

韩克和柳诗云离开那个“机器人载运车”脚后跟的钢铁凹槽之后，又躲过工作人员的视线，爬上了一辆正往穹顶建筑外开去的空车，顺利出了穹顶建筑的大门。不过，他们并没有再回到载货列车上，而是爬上一辆正要开往黑色高墙外的普通货运卡车。他们不敢再花时间在高墙里逗留了。必须抓紧时间，尽可能离开！他们爬上的这辆货运卡车已经腾空了挂斗式车厢，显然之前是往超级星舰里运送了什么东西。

黑色高墙的大门口，荷枪实弹的守卫对外出的车辆并没有进行严格的检查。既然有机器人负责例行检查，四处又密布摄像头，何必再卖力去检查呢。这是那些守卫们的看法。他们没有料到，会有胆大包天之徒偷偷潜入这个超级建筑物；更没有想到，所有的摄像头，在超级黑客面前，几乎形同虚设。

卡车出了黑色高墙，沿着直路行驶了数千米，拐了一个弯，驶上了往西去的那条高速路。刚拐过弯行驶了不久，韩克和柳诗云便听到前方有警笛声远远传来。原来，他们之前抛在路边的那辆轿车，刚刚被警方注意到。“终于还是被发现了。不过，他们短时间内不可能查出个究竟。”柳诗云轻声对韩克说道。韩克点点头，心里琢磨着下一步怎么办。他们躲在货运卡车的车厢里，不敢动弹。

傍晚时分，货运卡车一直开到离黑色高墙十多千米外的一家路边餐馆才停下。韩克和柳诗云此刻来不及多想了，抓住一个机会，偷偷跳下卡车。

他们没有立刻进入餐馆，而是先摸到餐馆背后，躲入密密的草丛。借着野草的掩护，他们再次换了假发和隐形眼镜，改变了头发和瞳孔颜色，又摘下原先的微塑型牙套，戴上另外一副。再次改变脸型是很有必要的。他们从紧急用品包中翻出两柄军用匕首，用匕首在草地上挖了个坑，将废弃不用的假发、隐形眼镜和微塑型牙套掩埋好。在这片茫茫草原上，要找到这些东西，无异于大海捞针。

韩克又从背包中翻出两件夹克，一件是藏蓝色的，另一件是卡其色的。不过，两件都是男式夹克。这是撤离联络站时，他随手从作战室衣架上扯下带来的。他将那件藏蓝色的夹克递给柳诗云。

“这件稍微小一点，你穿。把袖子捋到肘部，就不显大了。女生有时也故意穿宽松的夹克。不会有人怀疑的。”

柳诗云没想到韩克如此细心，笑道：“说得像早有预谋似的。”

韩克口拙，愣了愣，这才说道："当时其实也没多想，随手拿的。"

"行了，跟你开玩笑呢。"

柳诗云穿上那件偏大的藏蓝色夹克，配上现在银灰色的假发，一副叛逆少女的样子。她按照着韩克说的，将两只袖子捋到臂弯处，又将双手举过头顶，口中哼着曲子，扭动腰肢，做起了舞蹈的摇摆动作。

韩克刚刚将右手套入那件卡其色夹克，看到柳诗云的样子，不禁被迷住了，停下手中的动作，看着她随意的舞姿。

这时柳诗云注意到韩克盯着她看，不禁脸上绯红，故作嗔怒地喝道："看什么看！"

韩克被她说得不好意思，慌忙低下头，将左手套入那件卡其色夹克。

在路边餐馆中，他们饱餐了一顿，摸出火柴盒大小的电子钱包，用信用点付了饭钱。信用点是归心城早就为每个备用电子"钱包"存储的。自这个世纪初以来，信用点成了世界性的法币。各国货币基本被替换为信用点。但是，各国信用点的价值不同，依然存在一定的汇率。现金在某些地方依然保留着，可以兑换为信用点，但现金本身用得极少。

他们并没有引起餐馆老板的怀疑。

用完晚餐后，他们装作在草原上穷游的驴友，在路边拦下了一辆轿车，请求司机帮忙带他们去A城。

“5000个信用点怎样？”

平时，如果从库布草原边缘的这个地点搭乘旅行车前往A城，需要1000个信用点。五倍的信用点，让司机动心了。

于是，韩克和柳诗云乘坐这辆过路车，顺利返回了A城。他们很快探明，那个黑色不明球体现在依然悬浮在这个城市的上空，具体说，是悬浮在——世界脑机连接中心大厦的上空。这个庞大的世界脑机连接中心就是在世界探索宇宙委员会总部大楼原址建成的。要确定那个黑色不明球体的位置并不难。它实在太大、太醒目了。韩克对它的行为给了一句评语：“来自外星的愚蠢的狂妄！”

夜幕降临后，韩克和柳诗云在一个小旅馆中用假身份登记入住。

夜幕沉沉。

韩克却没有睡意。可以一天之内经历地狱的恐怖。对此这段时间已足够。看来，维特根斯坦的断言完全是正确的。他躺在沙发上，想起哲学家的话，回想这一天一夜的经历，就仿佛做了一场梦。这场梦的刺激、惊险完全超乎他的想象。

突然，韩克听到了和柳诗云约定好的敲门声。

三长一短。

他从纷乱的思绪中猛然清醒，翻身下了沙发，飞快跑到门边，谨慎地从猫眼往外看了看。果然是柳诗云。她还穿着白天那件宽大的藏蓝色男士夹克，满脸悲伤，看上去很憔悴。他打开门，让柳诗云进入房间内。

“出什么事情了？怎么了？”韩克问。

“我刚刚侵入了A城安全局的数据库，发现了记录。记录显示，韩少校的飞行器被特警击落了。‘魔头’的商用飞行器下落不明。”

柳诗云还习惯性地称呼归心城——以前的麻青山的绰号。

韩克感到一阵心痛，说道：“韩少校是为了救我们大家而牺牲的。也不知归总现在是否还活着。还有，萧中校他们——”他突然有些哽咽，说不下去了。

两人垂头沉默了片刻，韩克说道：“归总、萧中校他们如果活着，一定会设法与基地联系。不如，我们将在库布草原上的发现及下一步的行动计划先报告给基地。诗云，我想设法接近黑色不明球体。现在，它不是正悬浮在世界脑机连接中心大厦上空吗？像个君临万物的暴君。我想要接近它，与它对话，同时用脑电波远距测试仪对它进行测试。库布草原上那艘超级星舰，一定是它操控脑机连接人建造的。我们必须弄清楚，它操纵建造那艘巨大的超级星舰究竟是何目的，往星舰上装运各种动物、植物和各类物件又是什么目的。据我所知，我们人类尚无哪种技术可以让如此超大型的星舰直接从地球上起飞而不造成衍生伤害。人类的大型星舰，都是在火星基地建造的，并从火星飞往遥远的深空。那艘星舰如果从地球上直接起飞，不知会对地面造成何种破坏。而且，在那艘超级星舰离开地球后，它——那个黑色不明球体又会对地球做什么呢？它是否会毁掉地球呢？它会不会像一个顽皮的孩子，从鸟巢中掏了鸟蛋，然后毁掉鸟巢呢？我们必须弄清楚它究竟想要干吗。”这些话已经在韩克脑海中盘旋好久了。他害怕说出来，害怕一说出口，就会在未来变成现实。但是，如果不说出来，他感觉自己会被憋死，况且，如果不说出来，又如何能够找到合适的应对办法呢！

柳诗云听韩克这么说，停止了抽噎，说道：“我觉得，他们往超级星舰上搬运各种东西，是在采集样本——地球万物的样本。”

“没错。我也有同感。”

“可是，你难道认为它会是个诚实的对话者吗？”

“有谁知道呢。它现在悬浮在这个城市的上空，左右着这个世界，像个从不听取任何意见的暴君。它只知道下令，从不征询。但是，我们总可以试一试，试着与它对话。”

“可是通过什么与它进行对话呢？”

“手机！在基地的时候，情报人员不是说，那个怪物可以将信息发到接入万能网的手机上吗？怪物虽不说话，但它通过手机传达指令。我们需要一部已经接入万能网的手机。这很容易弄到。酒店服务部就可以买到。”

韩克与柳诗云当下统一了意见，认真研究并制订了次日的行动计划。他们还利用密码本，编制了一条密码，然后用摩斯短码发给了太空司令部的王宽上将。

密码如下：

0001 0065 0003 0016

0005 0325 0021 0023

0001 0003 0008 0016

0001 0003 0013 0003

0001 0049 0026 0008

0001 0049 0026 0009

0001 0024 0030 0005

0001 0033 0026 0012

0001 0065 0026 0012

0001 0107 0010 0009

0001 0110 0014 0006

0001 0111 0007 0026

0001 0111 0014 0027

0001 0111 0021 0007

0002 0157 0025 0020

0002 0162 0015 0008

0002 0163 0017 0012

0002 0166 0002 0025

0002 0178 0028 0006

0002 0180 0027 0010

0001 0110 0014 0006

0002 0181 0022 0006

0003 0238 0012 0026

0003 0239 0010 0003

0001 0065 0005 0015

0001 0030 0024 0023

0001 0065 0003 0016

0001 0065 0001 0021

0001 0066 0025 0022

0001 0068 0013 0007

0001 0068 0013 0011

0003 0254 0024 0004

0003 0255 0003 0011

0003 0255 0024 0022

0003 0259 0011 0021

编制密码时，他们本想说明计划在A城的世界脑机连接中心大厦楼顶试着接触黑色不明球体，但很快意识到，到了第二天，那个黑色不明球体或许会改变所处的地点，便删去了密码中的具体位置信息。况且，这种局面下，他们也并不指望基地能够提供实质性的支援。

次日一早，令韩克和柳诗云感到庆幸的是，他们发现那个黑色不明球体依然悬浮在A城世界脑机连接中心大厦楼顶。

“来自外星的愚蠢的狂妄！”韩克盯着那个怪物，再次说了一句他的评语。

世界脑机连接中心大厦建在被摧毁的世界探索宇宙委员会总部大楼的旧址。这座建筑是在黑色不明球体的操控下以极短时间建成的。该建筑的外观，表现出刻意对抗重力的奇特造型，同时也体现了20世纪审美风格的残留。它整体看上去像一个超级巨大的高尔夫球座，不过它的线条显得更为流畅。它并没有哥特式繁复的风格，从很小的基座到异常宽大的楼顶平台，截面侧面近似于双曲面的一部分，线条没有一丁点的扭曲和停滞感。因为上大下小，这个超级建筑颇为成功地在看到它的所有人心中，制造出一种不可名状的压抑感。没有哪个正常的人类建筑师会设计出这样的大楼形状。但是，在那位拥有绝对权力和控制力的超级建筑师的操纵下，它堂而皇之地矗立，藐视太阳，对抗重力，抹去了智慧与愚蠢的分界线。而那位超级建筑师，则绝大部分时间都保持它最钟情的球体形状，悬浮在那个超级高尔夫球座之上，不时还从它那个绝对圆球中衍生出一些黑色的小人，像黑天使一般在城中巡弋。偶尔，黑色不明球体还以π的倍数改变着自己的直径，向人类展示它神秘莫测的特异功能。它下面这个巨大的超级高尔夫球座，如今被命名为世界脑机连接中心大厦。

这天一早，韩克换上了灰色的休闲西服。柳诗云则换上一身米色的休闲套装。服装是他们在酒店内用信用点购买的。柳诗云认为这样的行头对于混入世界脑机连接中心大厦是有帮助的。毕竟，现在去做脑机连接手术，大多数是希望能够永生的有钱人。

“真要去那个怪物的眼皮子底下吗？”柳诗云问道。

“要想法子上去。必须先靠近它，才能与它对话，才能探测它的真正意图。你能黑掉它的安保系统吗？”韩克仰起头，指着远处矗立在天地间的世界脑机连接中心大厦。

“好。我来对付安保系统。”

两人商量好后，便专门上了一辆由真人驾驶的出租车，让司机直接开往世界脑机连接中心大厦。现在，很多出租车都是无人驾驶。但是，经过激烈的斗争，依然保留了部分真人驾驶的出租车——几乎是被当成旧日的遗迹而保留下来的。

如今A城的公路系统非常复杂，私人车辆系统与公共车辆系统都很发达。在城市的空中，还有无数条开放的飞行器航线。在公路系统，出租车有专门的车道，车道两边划着一直闪着荧光的黄线。这些车道形成一个独立的系统，只有出租车在这个系统内行驶。令人感到庆幸的是，黑色不明球体似乎对改变原有的交通系统并不感兴趣。所以，交通系统的运转一如既往。

“去做脑机连接手术吗？”说话的司机是个50来岁的男人，留着络腮胡子。

“啊。”韩克不置可否地含糊应了一声。

“不是我唠叨啊。我劝你们还是别去。我看哪，把自己弄成半个机器，有啥意思呢？”司机咧嘴笑了笑。

韩克闭着嘴不回答。柳诗云偎依在他的身旁，将头轻轻靠在他的肩膀上。

“那个外星人，那个黑色的怪物，照我说，它迟早会把地球毁掉。瞧瞧，现在那些残疾人、羸弱的老人都被关起来了。据说他们进去后就没有出来。这和20世纪第二次世界大战时的奥斯维辛集中营有啥区别嘛！那些脑机连接人的心，比腊月里的石头还冷还硬，没有一点人情味咯。世界已经被机器控制了。我是不会让他们将芯片植入我的脑子里的。从那个大厦中出来的，没有一个正常的。你们可要想好了。”司机见韩克还是不答，冲着后视镜讪笑了一下。

韩克在后座只是紧紧抱着背包。背包里，装着改装过的微型脑电波远距测试仪。一定得弄清楚它的真正意图。他心里琢磨着，心底渐渐升起的恐惧感令他感到嘴中有了一种浓重的金属味道。

快到大厦时，柳诗云坐直了身子，取出了便携式电脑，双手在键盘上飞舞起来。过了片刻，她扭头看了韩克一眼，意味深长地点了点头。

下车的时候，柳诗云在韩克耳边轻语：“我用我们现在的大头照，替换了系统内两名工作人员的人脸，系统短时间内发现不了。但是，我们得抓紧时间。大厦安保系统的查错程序我不能控制太久。”

韩克点点头，定睛看着她那双清澈、狡黠的眼睛。他很想吻她一下。

“好！”他对她说，然后，牵住了她的手，往世界脑机连接中心大厦的大门快步走去。

大门口的机器人保安没有阻拦他们，行动比预想的要顺利得多。但是，进入大门后，大堂内有两个穿着保安制服的脑机连接人却好奇地看了他俩一眼。两个保安大脑内的微电脑迅速联网进入人脸搜索系统。他们的身份自然得到了确认。没有问题！但是，这两个保安自身的大脑却对两位来客产生了怀疑。这种内在矛盾，弄得两个保安简直脑袋快冒烟了。

“系统显示是内部人员，可是怎么看上去有些眼生呢？”

“我也有同感，或许我们记错了。”

“说得也是。有些时候，我也曾把来手术的人记成是内部人员。”

“得了。别想了，再想脑子就崩溃了。”

两个保安将手按在腰间的电子枪上，你一句我一句地聊着天，往大堂另一边走去了。

韩克快速扫视了一眼大堂。大堂内部的装饰风格有些怪异，墙面显然不是石料，也不是金属，而是某种银灰色的超纤维。他不知道，人类何时曾采用过这种材料作为建筑物的内饰。通常来说，超纤维有着抗高温、抗辐射、抗撞击的非凡性质，可以用作星舰的外壳材料。用超纤维做外壳的星舰在宇宙航行，即便遇到小行星碎片的撞击也没有问题。用超纤维做大楼的内饰，的确是一种低调的奢华。

电梯非常醒目，如一颗颗透明的胶囊，安装在大堂中心的中枢结构上。中枢结构显然也是超纤维材料制造的。韩克牵着柳诗云的手，从容地往电梯走去。

他们跟着一个脑机连接人进了一部电梯。

电梯壁上，有两排按钮，每个按钮的数字旁边有中英文的楼层功能提示。韩克很快将所有电梯按钮扫视了一遍。1层到10层，是登录室。11层到50层，是与脑机连接手术相关的各个科室。51层到80层，是留观室。81层至90层，是行政楼层。91层至100层，是娱乐中心。这个大厦有101层。101层的数字旁边，没有标注楼层的功能。101层的设置，仿佛是那个超级统治者跟人类开的一个玩笑。人类建筑的大厦在黑色不明球体降临日之前限高为100层。于是，这位降临者便设计了101层。

韩克看到这个101的数字，心里不禁暗暗笑了一下。它肯定有思想，若不然，便不会弄出个101层。

之前进去的那个脑机连接人按了85层。韩克抬手按下了98层的按钮。98层按钮旁边标注着“影音娱乐中心”。两个脑机连接人用诧异的眼光看了韩克和柳诗云一眼。

电梯飞速上行。大约升到15层左右，韩克透过胶囊电梯的透明玻璃往楼下大堂一瞥，见有个穿着制服、梳着大背头的男人带着十来个穿制服的男人刚刚从大门进入。他下意识地心里一紧，冲柳诗云使了个眼色。

电梯加速很快，在中途的几个楼层，陆续有几个人上来，又陆续有人出去。韩克注意到，他们都是脑机连接人。

“两位还没手术？”最初进入电梯的那个脑机连接人僵着脸，忍不住问韩克。

“是的。我们想先去娱乐中心放松一下，有些紧张。”韩克笑道。

“可以理解。”那个脑机连接人不再说话，似乎韩克的回答打消了他的疑虑。

最初进入电梯的那个脑机连接人在85层下了电梯。到了90层的时候，中途上来的一个脑机连接人也出了电梯。现在，电梯里只剩下韩克和柳诗云。

韩克和柳诗云依然不敢交谈，他们生怕电梯里有窃听装置。

“叮当！”电梯到了98层。

他俩走出了电梯。一个穿着银灰色制服的脑机连接人迎了上来。这是位金发女郎。

“欢迎光临影音娱乐中心！”

韩克对那位金发女郎点了点头，牵着柳诗云的手往前走。影音娱乐中心的大厅、走廊和墙面通体都是银灰色的超纤维材料。镶嵌在天花板和墙壁上的灯是白色的。有个边缘呈波浪形的长柜台，柜台后都是年轻的女郎。每个女郎脸上都挂着机械的微笑。

韩克暗想，她们一定都是脑机连接人。

“这里都有什么影音内容？”柳诗云问。

“电影电视诞生以来的所有节目，如今都是数字化存储。两位可自行搜索喜欢的内容。”金发女郎笑着说。

“有独立的双人厅吗？我们不想被打扰。”韩克问。

“当然。”金发女郎很爽快地说。

于是，这位脑机连接人将韩克和柳诗云带入一个双人厅。厅不大不小，大约50平方米，一面墙是电子屏幕，厅内摆着超纤维材质的灰色沙发和灰色茶几。沙发前立着一个超纤维外壳的柱子，柱子顶部是圆锥截面，截面很平滑，中间只有两个按钮，一个是灰色，另一个还是灰色，不过颜色要深一点。一切都是灰色的。当然，厅内还有酒水柜以及其他几件简单的摆设。整个影视厅的装饰是21世纪上半叶曾经一度流行的极简主义风格。

“按那个浅灰色按钮，然后按照提示操作即可。如果需要叫我，请按深灰色按钮。”金发女郎说完，礼貌地带上门，退了出去。

这里的一切极其静谧。门的隔音效果也特别好，听不见外面一点声音。

韩克按了一下那个浅灰色按钮，柱子的圆锥截面瞬间亮了起来，截面投射出一个与地平面呈100度倾角的半透明光幕，光幕上是中英文问候语：“欢迎进入影音娱乐世界。”文字旁边是个搜索按钮，提示可以用语音输入进行搜索。

韩克当然没观看影片的兴致，但是为了掩人耳目，他还是搜索了一部经典老片《肖申克的救赎》。可是，系统很快提示，“此片禁止播映。”韩克愣了一愣，顿时意识到自己无意中差点犯了一个错误。再次搜索的时候，他想到了一个片名，搜索了一部纪录片《动物世界》。这次，系统没有为难他。

电子屏幕上开始播放《动物世界》。

“行动！”韩克扭头对柳诗云说。

柳诗云从背包中掏出了便携式电脑开始操作起来。她很快调出一条早已编好的代码，并将它植入了大厦核聚变发电机点火装置的管控程序——制造一条虚假的故障信息。紧接着，她又飞快地侵入电梯控制系统，将97层以上的电梯运行全部切断了。很快，她的工作有了成果。

播映厅里响起了智能广播，模拟的是女人的声音：“所有人员注意，所有人员注意，大厦核聚变发电机点火装置出现运行故障，有可能发生小规模核爆，请尽快撤离大厦。97层及以下楼层的人员请乘坐电梯通过一楼大厅疏散，因电梯临时故障，97层以上人员请从楼梯撤到楼顶平台等待空中救援。”声音很冷静，很单调，似乎对紧急故障并无丝毫担心。

韩克旋即按下了柱子圆锥截面上的那个深灰色按钮。

柳诗云利索地将便携式电脑收入背包中。

这时，那个金发女郎接到信息，打开了播映厅的房门。

“两位不用紧张，大厦自检修复系统正在检查故障并设法排除。但是，为了保险，请跟随我到大厦顶层的平台上等候空中救援。”

韩克和柳诗云装出惊慌失措的样子，跟在那个金发女郎后面出了播映厅，往电梯旁的楼梯门跑去。这时候，大厦内已经一片慌乱。娱乐中心里，很多人纷乱地从隔间中跑出，都跟着工作人员，经由楼梯，慌慌张张地往顶层撤离。

此刻，大厦的工作人员已经通过系统操控，开启了从大厦内部通往露天平台的一圈通道。每个通道下方都有一个呈45度角的超纤维楼梯。通道的上端，则是由电控开关控制的圆形门。这道门有点像太空舱的门，向外开启。没用多少时间，众人惊慌失措地撤离到了大厦顶层的露天平台上。韩克和柳诗云混在人群之中。

这栋101层大厦的顶层平台上一片阴暗，风很大，氧气有些稀薄。圆形的平台周围，有一圈一人多高的银灰色超纤维栏杆。圆形平台的中心，有一根巨大的避雷针，如同巨刺直指天空。不，严格地说，在避雷针和天空之间，被那个巨大的黑色不明球体阻隔着。

黑色不明球体似乎对平台上一时间出现很多人类个体感到意外。它从高空缓缓往下移动，直到几乎接触到大厦避雷针的顶部。

众人都仰起头，极其震惊地盯着头顶的庞然大物。除了韩克和柳诗云，没有人——包括那些脑机连接人——料到会以这种方式离那个黑色不明球体如此之近。

突然，众人的手机响了。

韩克和柳诗云掏出早就准备好的手机，只见手机屏幕上都出现了同样一行字：“愚蠢的人类，不必慌张。那是一个不存在的故障。你们都回去吧。”

所有人都惊呆了，一时间都不知如何是好。没有人敢挪动脚步。

“它什么都知道！”柳诗云惊恐地看了韩克一眼。

“一会儿我与它对话时，你开启脑电波远距测试仪，记录它内部的电波活动。”韩克轻声对柳诗云说道。

正在众人疑惑之际，从南面的几个通道口突然爬上来几个人。其中一个人穿着A城安全局的制服，梳着油光闪亮的大背头。这个人的手中，拿着一个什么东西。

“枪！”韩克很快看出来那人手中拿着的是枪——一把轻型激光枪。

“所有人都别动。我们是A城安全局的，奉命前来捉拿反抗分子。”那人高声大喊，“不会发生什么核爆！刚才的警报是有人故意制造的假警报。”

这时，众人发现天色似乎突然又暗了许多，抬头看去，只见那个黑色不明球体的体积仿佛在瞬间暴涨了一倍。

“是谁？是谁妄想反抗伟大的神，我们的神！”那个大背头张大了嘴，狂吼着，挥了挥手中的枪，又抬起另一只手，指着悬浮在天空中巨大的黑色球体。可是，突然间，他像触电一般，两只手垂了下来，眼睛瞪得老大，口中发出半机械的声音：“是！

我的主人！我敬候主人的裁决。”他呆立在原地，仿佛是没有了电池的玩具。

“马局，你怎么了？”一个穿着安全局制服的人走到那个马局身边发问。可是，就在一瞬间，安全局所有人——都是脑机连接人——都僵立在原地不动了。

韩克这时发现，那个金发女郎，也僵立在原地，不再动弹。

韩克感到非常吃惊，手中的手机突然又响了，屏幕上又出现了一条信息：“很有意思。是谁制造了假警报？请站出来。要不然，我就杀了这个平台上所有的人。”

现在，韩克明白了。黑色不明球体想会一会制造假警报的人。他犹豫了一下，克制住内心的恐惧，往平台的圆心走近了两步，仰起头，抬眼盯着头顶的黑色怪物。

“是我！”韩克大声说道。

黑色不明球体那无比光滑的黑色表面突然之间似乎变成了半透明的。韩克看到了另一种深不见底的黑暗，而且这黑暗不是死的，而是活的——流动着的黑暗，像有无数个漩涡在旋转着。

韩克仿佛看到有一条线将自己往无尽的黑暗中牵引，突然，不知为何，他脑海中闪过自己写的那首小诗的诗句：

凌晨，早与晚，

$\mu(n)$ 的值。

生、死与未知，

寻找非平凡零点的ζ（s）。

他曾经苦苦探索过的问题——量子体现的能级分布、无序介质中的波动、黑洞与白洞的诞生、神经网络系统、量子混沌、二维量子引力等问题，仿佛宇宙间所有问题的答案都藏在那无尽的黑暗中。那黑暗令人恐惧，但同时却又那么诱人。

韩克盯着那看起来无底的、流动的黑暗，感到有些眩晕。那些令他着迷的答案仿佛正在无尽的黑暗中向他招手。不过，有那么一瞬间，有一种更为强大的力量，一种非理性的力量将那些藏在无尽黑暗中的似乎是纯理性的答案猛然拨开，从而为他打开了一个隧道，通往另一种更加深邃的黑暗之中。在那更加深邃的黑暗中，他仿佛看到了过去曾经发生过的许多事情，他看到自己埋头于书本，看到了自己沉迷于数学与物理理论的研究，也看到了逝去的双亲。他们站在黑暗中，站在一种向无尽延伸的黑暗中望着他，身形模糊，若隐若现。韩克心头大震，他能清晰地感受到身体内的血液像岩浆喷发一样往头上涌去。他有一种冲动，想要迈步朝着那无底的黑暗冲去，一直冲将过去。他想要抓住黑暗中那逝去的亲人的影子。

然而，此刻，在旁人看来，韩克却如一尊雕塑，仿佛失去了魂魄一般，呆呆地站立着，与黑色不明球体无声对视着……

正在韩克发愣之际，黑色不明球体的表面，像太阳表面喷出火舌一般，喷出了一条黑色的舌头。那条黑色舌头脱离了它的母体，化为一个黑色的人形，飘浮在空中。它盘旋着，慢慢地向那个僵立着的马局长飞去。

那个黑色的人形没有固定的轮廓，它像一股流动的黑色流体，慢慢渗入了马局长的脑壳。从天灵盖，再到额头，然后是脸颊、鼻子……马局长还是一动不动，僵立着。他的眼睛倒是在转动，瞳孔扩张得很厉害，带着无比恐惧。黑色的流体慢慢从他的脑袋渗入，然后从头部一直往下，不仅是他的身体，他的安全局的制服，他手中的激光枪，也渐渐被黑色流体渗入，直到他通体变成了黑色。

众人完全被这一恐怖画面惊呆了。柳诗云也吓得连大气都不敢出。

当黑色流体渗入到马局长的脚底板，也就是说在它彻底完成了侵入过程后，马局长僵硬的身体开始动了起来。这个通体黑色的“马局长”将黑色激光枪托在手里。激光枪慢慢解体了，化为无数微小的黑色粒子，像一小团黑色的烟雾，悬浮在黑色的手掌之上。那只黑色的手掌又往上猛然一抬，就在那么一瞬间，那团黑色的烟雾又重新聚合，变回了一把完整的激光枪。

“可怜的人类啊。你是第一个敢同我直接对话的人类。所以我很好奇，很想用人类的语言，同你进行一番交流。你制造假警报就是为了接近我吧？”那个被黑色不明粒子侵入的“马局长”冲着韩克，开口说话了，听不出任何感情色彩。尽管它表达了自己的好奇，但从它的语气中却听不出任何好奇的意思。

“是的。我想知道，你究竟从哪里来？来地球的目的是什么？”这时，韩克已经控制住内心的恐惧。

“马局长”的脑袋看上去有点变形，有些黑色粒子似乎将下巴拉长了一些。它说道：“我来自一颗遥远的星球。非常远，远在数十个星系之外。在你们人类的宇宙学中，尚没有为我的母星命名。至于来地球——当然，地球恰好符合我们要寻求的目标。不，我这样说并不准确。请原谅我，对于人类的表达方式，我掌握得还不够好，还无法准确地应用你们的语言。大概可以这样说。我们在宇宙中游弋，寻找‘我们’曾经要求‘我们’寻找的某些事物。地球恰好进入了‘我们’的视野。”

“什么叫‘我们’要求‘我们’寻找的事物？你们自己要求自己？等等，刚才你说的是‘我’，为何又提到‘我们’。不止你一个吗？你把我搞糊涂了。”韩克抬起手，摸了一下自己的脑袋。柳诗云明白，那是韩克在暗示她用脑电波远距测试仪对那个怪物进行测试。她尽量克服自己的恐惧，缓缓转动背包，将背包中测试仪的探测头对准了“马局长”，隔着背包摸到了测试仪的按钮。

“很好的问题。让我来解释一下。别忘了，我是在借用你们人类的语言，现在借用的是中文，来与你们人类进行交流。这种语言，对于我们来说，并不完全适用。在我的母星，我们不需要通过语言进行交流。我们用——怎么说呢——用人类的语言说——对不起，人类暂时还没有对应的概念——这么说吧，我们是——用人类的语言说——近似于用脑电波或用超弦的振动进行交流，有时，我们也用几何形状作为交流媒介——类似于人类的肢体语言。在我的母星，我们的母星，‘我’就是‘我们’，‘我们’就是‘我’，‘我’可以是‘我’，‘我们’可以是‘我们’。我们可以分离为无数个，也可以合为一个，当合成一个时，我们可以建立起超级的集体意识。这么说吧，‘我’可以和无数个‘我’共享一个身体或——用你们的语言来说，怎么说来着——对了——一个意识。我可以作为一个孤立的个体存在，以一个孤立的意识状态在宇宙中游弋，也可融入一个总体，以集体意识的状态在宇宙中存在。我在你们地球逗留，完全是要完成我的——怎么说来着——嗯——使命，要完成我的使命，或者说，我们的使命。运用一下你们人类可怜的想象力吧。在黑暗的宇宙中，我们是无数大小不等的黑色球体，我们在黑暗的宇宙中可以随意组合，随意分离，我们可以变幻成无数难以想象的形态，我们也可以聚集成一个超级巨大的完美球体——当然，这通常要在我们的母星上才能实现。所以，我是要回到母星的。就像你们人类常说的，游子总是想回到家乡。你知道吗，我觉得你们的语言很有意思，这也是我愿意学习它的原因，尽管就它的沟通方式来说，非常低级，不够简洁，比较麻烦。不过，怎么说呢，确实有独特的趣味，我想这是我对它产生迷恋的原因。”

“这么说来，你的使命是来地球收集万物样本，收集那些你们母星上没有的事物了？就像古董收藏家痴迷于收集各种古董，是吗？”

“勉强算是吧。但是作为集体意识的我们的最初动机并非这个。那是一种非常微妙的——非常微妙的记忆——那是经历了无数颗恒星诞生和寂灭后遗留下来的一种微妙的记忆。这些记忆，促使我们在宇宙中寻找与它相关的可能存在的事物。这也是我们来寻找这些事物的真正原因。我要把它们带回母星，与无数个‘我’分享，从而来寻找它们对于我们的真正意义。”

“既然你只是来搜集地球上的事物，为何摧毁了我们的星际飞船，为何到地球的第一时间便摧毁大楼，杀害无数无辜的人？为何你要操控脑机连接人，将人类变为被机器控制的奴隶？！”

“这完全不能怪我。是你们人类的星际飞船首先对我进行了攻击。我那样做，完全是为了——怎么说来着——对了——正当防卫。我必须将你们人类的飞船解体，或者说摧毁。至于那栋丑陋的大楼，我摧毁它，是因为在它的数据库中，我发现了一堆试图制造虫洞的计划。那些都是愚蠢透顶的计划，以你们人类的技术，你们制造虫洞的计划会带来可怕的后果，它会破坏太阳系的引力关系，摧毁太阳系，进而造成整个银河系的毁灭。或者还有更严重的后果。我对地球、太阳系甚至银河系的命运丝毫不关心。茫茫宇宙间，无数颗恒星诞生与寂灭，只不过是能量的转换而已，就像‘我’和‘我们’的无穷变幻。不过，我不能让你们人类的愚蠢毁了我的使命。人类，也没资格拥有通往宇宙的捷径。在我完成使命之前，我得暂时保住地球。至于那些在大楼倒塌中死去的人，那是附带的代价。”说到这里，“马局长”摊开了双手，两条眉毛中间上扬，两侧低垂，露出一副无辜的样子。

“你知道吗？在我们的语言中，有个词叫‘冷血’。你就是个冷血的怪物！”韩克对“马局长”怒目而视。

“你错了。我是没有人类那种所谓的‘血’的。”“马局长”冷笑了一下。

“你有没有想过，你完全可以用你那无所不能的力量，侵入大楼数据库毁灭人类的虫洞计划。为何要屠杀那些无辜的人呢？还有，你可曾知道，你的那些崇拜者，那些脑机连接人，正在地球上大规模屠杀无辜的老人、残疾人，正在用极其愚蠢的冷酷统治将大多数人变成奴隶。地球现在已经成为一个表面光鲜的屠宰场。这些都拜你所赐！”韩克继续质问面前的怪物。

“等等。请别这样说！这些都是难免的。经过此前我对你们人类的短暂的研究，在H城的碧玉湖上，在S城博物馆上空，在你们地球上许多地方，甚至土星轨道附近，正是在那里我遇到了你们人类飞船的攻击。经过我短暂的研究，我发现你们人类充满了自大，只服从于权力、武力的威胁，只屈从于利益、金钱的诱惑，却往往将善意视为软弱。所以，为了高效地完成我的使命，我得对你们进行威慑。正如你们人类所熟知并高度认可的，没有什么比武力威慑更能在短时间内掌握局面的了。然后，就是权力。你看看，如今我在地球上，就拥有了绝对的权力。那些在大楼崩塌中死去的人，不过是一种类似你们人类祖先献给“神”的牺牲。我用这种权力，高效地推进了我的计划。你们——人类——在脑机连接人的带领下——极其高效地建成了超级星舰。这在以前，凭你们人类那点可怜的技术，不知要到马年猴月——不——应该说不知要到猴年马月——才能完成。如今，你们人类在我的督促下，很快就成功了！你们应该感激我。不是吗？至于杀害老人、残疾人，对地球采取残酷统治，这些都是脑机连接人做的，你不该将那些脑机连接人的罪加在我的头上。我只是给他们的手机发了几条信息，我只不过控制了他们的网络和武器操控系统。真正驱使他们的，不是我，是权力，是武力，是他们自己对权力和利益永不枯竭的欲望。差点忘了，到我离开地球的那一刻，地球也许就没有必要存在了。你们人类有句话怎么说来着，物以稀为贵。就是，物以稀为贵！地球在宇宙间消失后，地球万物的样本就更加珍贵了！”“马局长”说着，狂笑起来。

露天平台上所有人——那些尚未做脑机连接手术的自然人，听了外星怪物冠冕堂皇的讲话，无不浑身战栗。他们的脸上，顿时无法掩饰地流露出恐惧、悲伤和愤怒。那些脑机连接人则依然面无表情地僵立着。

“你这个怪物！”韩克气得不知如何反驳。

“你这样用词，暴露了你们人类的狭隘。还有什么想知道的吗？”“马局长”冷笑着说。

“听你的话，你是要用超级星舰将地球上的万千事物带回母星。我还想知道，你是如何来到地球的？”

“白洞。白洞是我来到地球的通道。为了不影响太阳系和整个银河系的引力系统，我们特地将白洞定位在太阳系边缘海王星附近的位置，并且设定了合适的能量，它能建立一个跨维度通道，却并不破坏太阳系和整个银河系的引力系统。”

果然如此，那就让我继续套出这个怪物的下一步行动。

“我很好奇，你如何才能够回到母星？”

“黑洞，经由母星那边在某处设定的黑洞。”

“你们能够制造黑洞？”韩克大为吃惊。

“当然，母星无所不能。”

“所以，你在等待母星制造的黑洞的出现。”

“不错。但是，在无边无际的宇宙中，存在着我们无法控制的某些扰动。我或我们无法预知所有的可能性。不过，需要汪教授还有另外一个原因，我需要一个历史的见证人。他以后可以对曾经发生的一切做出一些解释。人类的进化也需要记录人。你应该相信我，我并不想摧毁地球。当然，万一有必要，或许我也不介意摧毁地球。这个可怜的星球啊，它太渺小了，不过是宇宙中的一粒微尘。”

“所以，你们利用汪教授观测可能在某个时刻出现的黑洞。”

“哈哈，原来之前是你与汪教授进行了接触。没错。你猜对了。知道为何我毫无保留地告诉你这些吗？因为——我会杀了你。”

韩克愤怒地盯着外星怪物，他以为自己会害怕，但是他没有，此刻，他担心的倒是柳诗云。他希望柳诗云记录下外星怪物的话语，探测并记录下外星怪物内部的“脑电波”，以便能够使太空司令部找到反击之策。

“我知道你无所不能。不过，我不怕你，你这个可怜的家伙。”韩克将生死置之度外，轻蔑地说。

这倒让“马局长”感到有些意外。“马局长”愣了愣，说道：“其实，我不会杀你，刚才只不过同你开个玩笑。万物皆有其用。我想，我们会对你感兴趣的。”说着，“马局长”狡黠地冲韩克眨了一下眼睛。

“马局长，将这个人和那个拿着背包的女人拿下，这个任务就交给你了。”这句话是黑色外星怪物——被附体的“马局长”对真的马局长说的。

这时，众人看到，从“马局长”的脑袋上慢慢飘浮出一些黑色粒子。随着飘浮出的黑色粒子越来越多，马局长从脚底板开始，也渐渐恢复了原来的状态。黑色怪物正在离开马局长的身体。

马局长恢复了原样，一个黑色的人形流体飘浮在他的头顶。马局长缓缓举起激光枪对准了韩克。他的样子看起来有些痴呆，显然思维尚未完全恢复正常。

突然，空中划过一道刺眼的蓝光。那道蓝光在一瞬间射穿了那个巨大的黑色不明球体。众人都抬眼望去，只见那个黑色的完美球体内，隐隐约约闪烁着无数蓝色的光点。这个黑色不明球体开始不断变化着体积，看起来像一张3D黑色大嘴，一张一翕，其中的蓝色光斑万万千千，星星点点。马局长头顶飘浮的那个黑色人形流体抛下了马局长，往它的母体飞去。

众人目瞪口呆之时，巨大的引擎声传来。一架银色的武装飞行器降落在大厦露天平台的边缘。

飞行器的舱门打开了。两个人跑了出来。

韩克立刻认出了那两个人，一个是“魔头”归心城，另一个是陈海王。

两人冲韩克大喊：“快！跟我们走！”

韩克来不及多想，脚下一动，一把拽住旁边柳诗云的手，往飞行器狂奔而去。

马局长还愣在原地，举着激光枪却没敢开枪。他的“神”给他的命令是抓捕目标，而不是杀掉目标。他该如何是好呢？他现在只好愣在原地。过了两三秒，他才反应过来，冲他的手下一招手：“随我来，抓住他们！”可是，没有人跟着他来，他的手下——那些脑机连接人——还没有被他们的“神”解除约束呢。

马局长站在平台上，仰着头，无奈地看着飞行器快速升空。

飞行器在空中划出一道弧线，消失在西北方上空。

在圆形平台的上空，那个巨大的黑色不明球体，依然像张巨大的3D大嘴，一张一翕，其内蓝光点点，如星辰闪耀于黑色的宇宙深渊……

十一 来到地球后的思想片段3

为了将地球的物质样本原样不变地装运回我的母星，我已经督促人类尽快建造一艘超级星舰。我自己是不需要的。光速移动，对我并非难事。我就是光。光就是我。当然，这是一种修辞。我当然不是光，但是性质有类似之处。

超级星舰，睡眠舱，恒温恒压箱，都是多么原始的概念与事物啊，我自己不需要，但是千万种地球样本需要。

尽管以母星的技术操纵这些原始的地球人建造一艘超级星舰不是什么难题，可是，在合适的时机到来之前，这艘星舰显然不能以光速飞行，要是以光速飞行，这些地球万物的样本就会解析成光子，那我就完不成使命了。好吧，到时我只好降低飞行速度了。它显然会拖我的后腿，那也是没有办法了……

我无所不能，可大可小，当然，是在一定的范围。我不可能无限大。我们也不可能无限大。不过，在一定范围内，宇宙中的暗物质可为我所用，成为我的一部分。这已经足够了。

为了更好地与古老的人类交流，我也曾尝试分出一些部分，幻化为人类的形体与人类进行交流。“幻化”这个词用在此处是否合适呢？得了，不管那么多了。

与人类的其中一员交流还是很有趣的。不过，却暴露了我的使命。

当然，地球人不可能战胜我。尽管人类也很聪明，竟然还想到了用某种激光弹——我想地球人或许会这么称呼他们的武器——打入我的内部，扰乱我内部粒子之间的电波交流，扰乱我的——怎么说来着，扰乱我的——近似于——我的“脑电波”或意识——不过终究还是奈何不了我。我可以将人类能够掌握的所有粒子全部解体，化为我的一部分。为了伟大的使命，只要母星一启动黑洞，我就可以带着超级星舰返回母星。

伟大的时刻，即将到来……

十二 深空之战

“来，吃点东西！”陈海王拍了一下韩克的肩膀，另一只手将一个打开的牛肉罐头递到他的面前。

韩克沉默着接了过来。陈海王在韩克身旁一屁股坐了下来。

“你发给基地的密码电报太及时了。要不然，不知道你们的行动，我们就无法赶去救你们了。”

“你们怎么知道我们会遇险？”

“你脑子不是挺好使的吗？这样的行动，能没有风险吗？不过，即便不是为了救你，我们也想去会一会那外星来客。”

“你们怎么想到用激光弹对付那外星人的？”

“说起来还多亏你。你之前同王上将、‘魔头’、萧中校他们提到过一个猜想，认为那黑色不明球体是由比夸克和超弦更小的粒子构成的，因为这个原因，一般的物理打击对它根本无效。而且，它具有类似人类的意识，能够自由组合变幻构成自身的粒子，且能将这些粒子构成武器，分解攻击它的武器，比如炮弹、导弹甚至核弹。王上将对这个猜想印象深刻，决定用激光武器打击那个黑色不明球体。其克敌原理有点像煮八宝粥。这么说吧，黑色不明球体自身的粒子好比是小米粒，激光的粒子就好比花生、莲子之类的。一旦我们能够锁定那个黑色不明球体，将激光束打入它的内部，便可能扰乱它内部粒子的结构，干扰它内部粒子之间的强力或弱力关系。哪怕对它进行极其微弱的干扰，定然也会产生一定影响。那么，那个怪物类似人类的思维——脑电波——就可能出现短期紊乱。构想采用这种打击，大概是这么一回事吧。我们所有的星舰和武装飞行器上都已经配备了激光武器，如果这个猜想成立，那么我们就有了反制那个怪物的手段。当时，我与萧中校等人刚刚从A城脱险回到基地，而你的无线电报恰好也发过来了。所以，王上将决定发起一次行动，一来给你提供支援，二来，也是想尝试一下激光弹的制敌效果。现在看来，激光弹显然无法摧毁外星来客，但是，确实对它造成了一定的困扰。”

“原来如此。可是，咱们下一步怎么办？一旦外星人母星那边制造的黑洞出现在太阳系边缘，库布草原上的超级星舰就会起飞。超级星舰起飞的过程中，周围数百平方千米都可能会化为灰烬。而且，我们无法预料，一旦超级星舰将地球万物的样本运送到黑色怪物的母星，后果将会怎样。难道，咱们坐等地球成为外星人的殖民地？甚至，还有一种最可怕的后果——超级星舰一旦运载万物离开地球，黑色怪物便会摧毁地球。”韩克想到可能发生的末日灾难，不禁感到无比悲哀。

“你说得没错。我们不能坐以待毙。”陈海王抬起手臂，又在韩克的肩上拍了一下。

这时，柳诗云突然跑了过来，说道：“原来你们俩都躲在这里啊。快！王上将让你们一起到中心作战室开会！”

韩克和陈海王一听招他们去中心作战室，都不禁一惊。于是，三人一起乘电梯赶往位于地下500米处的战略防空基地中心作战室。

三人到达时，中心作战室内已经聚集了十多个人，王宽上将、程远征上校、萧剑锋中校以及太空司令部的其他一些要员都在其中。

王宽上将见韩克和陈海王到了，便从座位上站起，扫视着中心作战室内的众人，说道：“既然人都齐了，我便代表太空司令部宣布即将开始的作战行动。作战行动的总体方案已经得到了国家首脑们的肯定。韩克带回来的情报非常重要。太空司令部经过研判，认为我们必须采取行动，要不惜代价摧毁那艘超级星舰，阻止外星怪物将地球万物的样本带回其母星。为了地球，为了人类，我们即将开展一场史无前例的战争。根据韩克得到的情报，外星来客——那个黑色不明球体，正在等待其母星制造的黑洞在太阳系边缘出现。此前，自韩克从汪教授那里获得情报后，基地内的天文学家便一直不间断地观测海王星附近。昨天，在距海王星300万千米处，观测到一个突然出现的小型黑洞。黑洞的半径只有百千米左右。看来，很有可能就是那黑色不明球体等待的黑洞。我们没有多少时间准备了。”

中心作战室内，除了萧剑锋等少数几个知情人外，众人无不对这个消息感到震惊。

王宽上将继续说道：“黑色不明球体和库布草原的超级星舰可能随时前往黑洞。我们初步设定了两个作战方案，其一，立即行动，在地面摧毁那艘外星人的超级星舰。那艘超级星舰，为方便起见，我们今后就叫它库布星舰吧。其二，如果第一方案失败，我们就在火星基地利用主力星舰截击它们。太空司令部决定，为保险起见，我们首选第一方案，以我们的三艘后备小型星舰和武装飞行器在地球上对库布星舰实施打击任务。三艘后备小型星舰可在必要时脱离地球轨道，在地球轨道外准备第二道战线，同时令火星基地的主力星舰待命，在深空截击。萧中校，你来详细说说作战部署。”

萧剑锋大声答应了一声，点击了一下他面前的一个触控屏按钮。投影仪旋即将一个全息3D动态银河系星图呈现在众人面前。萧剑锋举起双手，在全息图上操作了一番，很快将全息3D星图聚焦在太阳系上。

众人此时可以看到，从地球指向海王星的矢量线上，在对着太阳系边缘距离海王星300万千米的地方，有一个黑洞的模拟影像。

萧剑锋指着海王星附近的黑洞影像说道：“根据天文学家推

算，从现在到明年的今天，在这一年之内，地球距离海王星大约45.2亿千米，如果库布草原的超级星舰以光速前往海王星附近的黑洞，大约需要15077秒，也就是约4.2小时。这一年内，地球到火星的距离大约是5700万千米，如果库布星舰以光速飞行，从地球到火星大约是190秒。但是，根据我们的推测，外星的超级星舰不可能以光速飞行，如果那样，它所携带的样本将会全部解析为光子。我们不怀疑外星人的技术。但是，那种可能性很小。近光速飞行有可能。最大的可能，就是库布星舰会以略高于第二宇宙速度的速度先脱离地球引力，然后继续用这一速度飞往海王星。为了到达海王星附近的黑洞——为了尽可能保护库布星舰上的地球样本，黑色不明球体与库布星舰不大可能一开始就用近光速飞行，这个概率比较低。大概率来说，进入黑洞后，它们才会以近光速甚至光速飞行。因为，我们还不知道黑洞内部物质存在和移动的规律，或许外星人能够有更高明的科技来实现在黑洞中按光速安全移动。它们一旦进入黑洞——或者说进入那个通往回归母星的虫洞，我们就没有机会了。现在我们面临的问题是，在黑洞中——我们尚不了解黑洞——或许，在黑洞中，我重复一下，来自外星的黑色不明球体和库布星舰都可能以近光速甚至光速飞行，而我们的星舰——我们基地内尚存的三艘后备小型星舰，最快速度略高于第二宇宙速度，即便是在火星基地的主力星舰，理论速度虽略超过第四宇宙速度，但是，如果想飞越银河系，或者进入黑洞追击近光速的库布星舰，那几乎是不可能的。除非，黑洞使我们的星舰也达到近光速或光速。可是，那种状态下，人类还能存活吗？”

萧剑锋说完这番话，中心作战室内一片死寂。

“这就是说，无论如何，我们必须在库布星舰进入黑洞之前进行截击。最好是尽可能在地面就摧毁库布星舰？是吗？”柳诗云忍不住问道。

萧剑锋凝重地点点头，说道：“就是这样。但是，我们不得不准备好第二方案，因为我们根本不知道库布星舰的防御力量。我们也曾见识过黑色不明球体的打击力，它不费吹灰之力就摧毁了Y国的飞船，一栋大楼在它的打击下瞬间变为齑粉。我们无法预料它的打击力。虽然不久前我们利用激光弹偷袭成功，但是如果它早有提防，我们的打击就不那么容易了。”

“什么时候开始实施打击库布星舰的行动？”韩克问道。

“明天。”

“等等，我还有一个疑问。如果我们明天行动，黑色不明球体和库布星舰不按照我们的预测设定飞行速度，而是突破我们的地面打击，直接以近光速飞往海王星附近的黑洞，那么即便驻扎在火星基地的主力星舰以第四宇宙速度赶去海王星附近截击，也没有赶上它们的可能性。那时怎么办？”韩克问道。

“很好，这个问题很好。所以，我们的第二方案是，利用火星基地的主力星舰，在火星基地附近就地截击它们。这个方案成功的概率很小，以人类的技术，截击近光速飞行的星舰和黑色不明球体，几乎没可能。之前Y国的飞船被黑色不明球体摧毁，便是前车之鉴。所以，我们要尽可能在地面摧毁库布星舰。至于黑色不明球体，我们只能尽可能用激光弹困住它。”

“可是，激光武器的能量总有耗尽之时。这之后怎么办？我们能挡住它的反击吗？”韩克说道。

萧剑锋呆了呆，说道：“如果激光武器能量耗尽，或者，如果它一开始便用光速离开，我们就只能听天由命了。如果真的无法拦截黑色不明球体，我们就没有其他办法了。我们没有选择。这是我们最后的机会。或许我们都会牺牲，但是，如今整个世界已被它操纵，按照它的说法，它会带走地球万物的样本，甚至，只要它乐意，就可以毁灭地球。难道人类还有更坏的结果吗？所以，我们必须尝试摧毁库布星舰，如果毁了库布星舰，毁了它想要带回母星的地球万物的样本，它或许就舍不得毁灭地球。同时，我们要尽力让它——那位外星来客知难而退，我们会尝试逼它自黑洞逃回母星。”

韩克点了点头。

“这是我们唯一的机会。你加入吗？”萧剑锋神色肃然地看着韩克，沉声问道。

“当然。”韩克答道。

“我也去。”柳诗云看了韩克一眼，大声说道。

“需要我们做什么？”韩克问道。

“好。明天我会率领防空基地的所有军事力量出击，包括三艘后备小型星舰、武装飞行器、轰炸机、战斗机以及各种攻击型武器，我们要集中火力进行攻击，争取在库布星舰起飞前，将它摧毁在穹顶建筑之下。黑色不明球体极可能操纵傀儡政府的武装对抗我们。有攻击型星舰的只有Y国，而它的星舰都配备在太空中。当然，它们也已经被黑色不明球体控制了。在地球上，没有其他国家有星舰，常规的攻击力量对我们构不成致命威胁。反而是我们在火星基地的主力星舰，可能会受到来自Y国的主力星舰的攻击。韩克、柳诗云，你们俩明天跟归心城、陈海王一起，搭乘小型星舰参加战斗。如果在地面无法阻止库布星舰和黑色不明球体，你们就率领三艘后备小型星舰以第二宇宙速度脱离地球轨道后，在太空中继续实施追击。三艘后备小型星舰上装备了激光武器，除了打击库布星舰，主要任务是逼迫黑色不明球体自黑洞逃逸。”

“这次的行动，关系到人类的命运。让我们奋力一战！”王宽上将话语铿锵地说道。

韩克躺在床上，辗转反侧了很久，方才迷迷糊糊进入梦乡。他进入了一个银灰色的无垠空间，这个地方非常安静，非常冷清，似乎空无一物。正当他感到迷惘之时，在银灰色的无垠空间中，由远及近，飘过来一个黑色球体。从那个黑色球体上，慢慢生长出一根触手。触手像一根黑色的肠子，也像一条黑色的大蛇，在银灰色的空间中扭动着，弯曲着，向他的头部延伸过来。他记得在哪里见过它。无名的恐惧。他感到自己在战栗。一切如此冷寂。这时他听到一个声音在耳边响起。

“茫茫宇宙间，无数颗恒星诞生与寂灭，只不过是能量的转换而已，就像‘我’和‘我们’的无穷变幻。不过，我不能让你们人类的愚蠢毁了我的使命。人类，也没有资格拥有通往宇宙的捷径。”

等等，等等。让我想一想。它为何这么说？它也有它的恐惧。它摧毁了那个计划，是担心那个计划毁了它的使命。这么说，那个计划影响到了它的使命。韩克突然惊醒过来。他发觉自己浑身是冷汗，心突突地跳个不停。他翻身下床，飞快地披起衣服，冲出房门，奔向电梯。他乘电梯下了三层，出了电梯，奔向位于该层中部的一个房间。

韩克使劲按了几下门铃。

“三更半夜的，是哪个混蛋？”

“罗比主席！罗比主席！”韩克大喊。

过了一会儿，门打开了。

世界探索宇宙委员会轮值主席大卫·罗比披着一件蓝色丝绸睡衣，睡眼蒙眬，一脸怒容地盯着韩克。

“出了什么事情？”

“我有一件事想问您。非常重要!”

“不能等明天再说吗？”

“您知道，明天我们就要出征了。如果弄清楚这件事，有可能帮我们打败那个外星怪物。”

“当然，我清楚即将发生的事情。王上将告诉我了。进来吧！”

罗比拉开门，转了个身，让韩克进了屋。

罗比让韩克坐在靠窗的一把铁椅子上。防空基地里的设施都非常简单，但尽量都是用结实耐用的材料制造的。

“那个外星怪物曾经不经意提到，被它摧毁的那个虫洞计划会破坏它的使命。这说明，它害怕那个计划。如果我们知道那个计划，重新实施那个计划，我们就可以破坏它的使命，保住我们的地球。您是世界探索宇宙委员会轮值主席，一定对那个虫洞计划有所了解吧？”

罗比瞪大眼睛盯着韩克，说道：“当然。你究竟想知道什么？”

“计划中的虫洞，预定设置在何处？”

“如果我没记错的话，应该是在海王星附近。”

韩克感到心中一紧，问道：“能够具体一点吗？”

“具体说，就是打算在距离海王星300万千米处制造一个虫洞。”

韩克听到这个回答，感到无比震惊。

“罗比主席，您知道吗？外星怪物母星制造的黑洞，正好在您说的这个位置。”

罗比一听，大为震惊，说道："王上将跟我提到昨天观测到了黑洞，却没有提到具体位置。怎么这么凑巧？怎么可能？"

"可事实就是这样，昨天观测到的黑洞，正好在距离海王星300万千米处出现了。这么说，外星怪物是怕我们人类制造的虫洞干扰了它回去的路。我以为可以找到令它恐惧的办法，可是这样一来，就没有什么意义了。我们人类也没有必要在虫洞中再叠加一个虫洞。"韩克沮丧地说。

"人类也不可能在一天之内制造出一个虫洞。忘了它吧。"罗比的话真是有点雪上加霜。

太阳自东方升起。

当太阳的光芒照射到太空军战略防空基地上方的山体时，行动开始了。星舰仓上方的整个山体发出巨大的声响。基地内控制山体的巨型机械被启动了。星舰仓上方的锥形山体，分成16个部分往四周张开，仿佛一个巨型花蕾慢慢张开花瓣。三艘后备小型星舰已作好准备。每艘星舰流线型的舰身大约50米高，像一支巨型雪茄，舰身上有三个鱼鳍一般的机翼。在舰身的头部，隐藏着一圈武器端口。此时所有的武器端口都闭合着。

第一艘星舰进入了起飞仓。星舰点燃了发射装置，伴随着巨大的轰鸣声，飞速升空。在高空中，星舰利用空气动力装置改变了空中姿态，两个内置的机翼伸展开来，同时三个鱼鳍一般的机翼迅速收入舰身。星舰现在锁定了在大气层内的飞行状态，以亚声速向库布草原飞去。第一艘星舰由萧剑锋中校亲自担任舰长。

接着是第二艘和第三艘星舰陆续起飞。韩克、柳诗云和陈海王等人在第三艘星舰中。大敌当前，需要技术高超的舰长。归心城因此临危受命，担任了第三艘星舰的舰长。

在三艘星舰从星舰仓起飞的同时，基地内所有的武装飞行器、轰炸机、战斗机、直升机都从山体各个侧面的出口飞出，组成壮观的战斗队形向目标地上空飞去。

在库布草原上空，太空司令部的第一艘星舰锁定了那个巨大的银灰色穹顶，朝它发射了第一发激光制导导弹。这枚导弹的当量，足够炸毁一个足球场。它在穹顶炸出了一个巨大的窟窿。紧接着，第二艘、第三艘星舰也开始了攻击。

庞大的穹顶建筑在频繁的导弹攻击下，终于坍塌了。

但是，接下来的景象让三艘星舰上的所有人员，以及在武装飞行器、轰炸机和战斗机等各类机舱的所有人员都看呆了。

在穹顶被炸坍塌而升起的火光与烟尘中，一个直径足足有五千米的巨型银灰色“礼帽”缓缓升了起来。太阳光照射在它的表面，反射出一片极度耀眼的光芒。

太空司令部所有攻击武器向那个超级大“礼帽”开火了。那艘礼帽状的巨型星舰，不紧不慢地在攻击中往高空升起。所有的导弹、炸弹、激光武器，都在距离库布星舰500米处或炸裂或湮灭了。原来，库布星舰已经启动了自身外壳的能量罩。人类所有常规武器的攻击都被它挡住了。

这时，透过由超级硅基材质制造的星舰驾驶舱的透明前舱，韩克看到在巨大的库布星舰的舰体正上方，那个来自外星的黑色不明球体突然出现了。令他感到意外的是，没有其他国家的武装力量跟随着黑色不明球体前来支援。因此，韩克反而更加担心。或许，黑色不明球体成竹在胸，自认为它和库布星舰就足以对付所有的攻击。好吧，那就让我们好好大战一场吧！韩克心想。

黑色不明球体悬浮在库布星舰的上方，静止不动，像一只黑色巨眼，充满恶意地瞪着太空司令部所有的空中武装力量。所有的进攻者被眼前宏伟的奇观惊呆了。一时间，他们忘记了攻击，静静地与黑色不明球体对峙。

韩克盯着天空中那只黑色巨眼，心里突然有一种奇怪的感觉。一种直觉。他感到了一种强烈的不安。总觉得哪里有点不对劲。究竟是什么让我感到不安呢？韩克感到无比困惑。身上的航天服有一种束缚感。他扭头看了看旁边的柳诗云。

“我还想看看你那天转存到电脑中的波形图。”韩克对柳诗云说。

“你已经看了几十遍了。怎么了？”

“我总觉得我们遗漏了什么信息。我得再看看。”

柳诗云没有再说话，她从座位一侧的装备包中取出便携式电脑递给了韩克。

这时，他们从通信器中听到了萧剑锋中校的命令。

“锁定它们。攻击！”萧剑锋中校向星舰下达了攻击命令。

忽然，黑色不明球体中发出一束蓝色的闪电，闪电向着攻击者扫射过来。三艘星舰立刻拉升，躲过了闪电，但是数架战斗机已然被闪电击中，顿时剧烈爆炸，分崩离析。

就在这一刹那间，黑色不明球体与库布星舰向高空飞去。

“切换到第二宇宙速度，追击！”归心城舰长果断地下达了命令。

三艘星舰几乎同时向着黑色不明球体与库布星舰追击而去。

巨大的加速度使得韩克的身体紧紧地贴在了椅背上。他感到一阵窒息。这种窒息感直到星舰脱离地球轨道才慢慢消失。

重力调节装置已经启动。星舰内的气压和重力渐渐调整到了人类能够适应的状态。

此刻，在三艘人类星舰的前方，巨大的库布星舰也在用第二宇宙速度飞行。黑色不明球体仿佛粘贴在库布星舰的圆形舰身顶部一样。在太空中，没有任何遮挡的阳光射到它表面，勾勒出它的一部分轮廓，另一部分轮廓则隐没在太空的黑暗中。这幅景象既壮观而瑰丽，又奇特而诡异。

黑色不明球体和库布星舰似乎并没有加速的打算，一直以第二宇宙速度往宇宙深处飞去。这一点，倒是符合太空司令部的推测。

三艘人类星舰以第二宇宙速度跟在库布星舰的后面追击，他们已经根据库布星舰的航线推断出它必然会经过火星。于是萧剑锋中校按照计划，通知了火星基地的主力星舰舰队在前方进行拦截。虽然他们使用的是独立的、加密的通信线路，但是通信会被黑色不明球体捕获吗？萧剑锋不知道。现在已经没有其他选择了。

至少地球还在。当韩克回望太空中那颗小小的蔚蓝色星球时，他有一种从未有过的感动，不禁泪水满眶。

现在库布星舰已经离开地球，黑色不明球体还没有对地球进行摧毁性的打击。

难道要等到进入黑洞的那一刻，才是它毁灭地球的时刻吗？或许，它不过是个吹牛大王，所谓毁灭地球的说法，真的是一个玩笑。假如，那一刻之后，地球真的被毁灭了，该怎么办？韩克不敢再往下想。

一支由八艘主力星舰组成的舰队，出现在库布星舰与黑色不明球体的前方。巨大的红色火星，在黑黢黢的无尽深空中，映衬着这支楔形舰队。舰队仿佛静静悬浮在无垠的太空中，等待着敌人的到来。实际上，舰队正以第二宇宙速度，迎着库布星舰和黑色不明球体飞行。他们已经收到萧剑锋中校的指令，准备在前面拦截库布星舰与黑色不明球体。

黑色不明球体发现前方出现了X国的主力星舰后，并没有改变其飞行速度，也没有改变航线，它依然粘贴在库布星舰的顶部，匀速向舰队飞去。

当距离黑色不明球体和库布星舰只有1000千米的时候，X国的主力星舰中的四艘星舰用激光炮锁定了黑色不明球体，同时，另外四艘星舰则用核弹对准了库布星舰。这是最关键的第一次深空攻击。

八艘星舰同时开火，射向目标。

但是，这次打击完完全全地失败了。黑色不明球体在零点几秒内便改变了航线，轻松躲过了激光束。另外四枚核弹虽然击中了库布星舰，但是却被其强大的能量罩挡住了。核弹在其能量罩表面爆炸，幻化出四团巨大的火光。

萧剑锋在小型星舰内目睹了深空中的第一轮进攻，为太空巨幕背景上的宏伟景象深深震撼。这是人类在深空中捍卫自己家园的第一次努力。不论成败，都彰显了人类的荣耀。

就在萧剑锋为人类感到骄傲时，致命的危险却降临了。

黑色不明球体在深空中调转了飞行的方向，以几乎不可能的速度向萧剑锋的星舰直冲过来。

萧剑锋下令激光炮开火。另外两艘小型星舰也发射了激光炮。几道蓝色的激光穿越深空，向黑色不明球体射去。黑色不明球体则毫不费力地在数道激光光束中穿行。它的速度显然已经不是第二宇宙速度，也不是脱离银河系的第四宇宙速度，它现在的速度要快得多！

不过一两秒的时间，黑色不明球体已经撞上了萧剑锋的小型星舰。在一团巨大的火光中，黑色不明球体穿过了这艘星舰。舰体彻底粉碎了，变成无数碎片残骸，往无垠的深空中飘浮而去。

韩克眼睁睁看着萧剑锋所在的那艘星舰在火光中毁灭，刹那间感到全身的血都凝固了。悲伤和恐惧让他的脑子一片空白。他想不到，萧剑锋突然之间就牺牲了，连一句告别的话也没有。为什么又是这样！他心里感到一阵剧痛，险些晕厥过去。

就在这一刻，他感到柳诗云从旁边抓住了他的手臂。他勉强使自己镇定下来，盯着深空中的外星对手。这时，他看到，那个黑色不明球体在转瞬间又冲向1000多千米外的主力舰队，仅仅在数秒之间，便摧毁了四艘主力星舰。

四艘主力星舰在被摧毁之前，做出了最后的努力。他们没有掉头逃跑。他们做出了战斗的反应，其中两艘星舰锁定了黑色不明球体，迎面向它撞去。另外两艘星舰，则绕到了黑色不明球体的侧翼进行攻击。每艘星舰都向黑色不明球体发射出了激光束。蓝色的激光束在黑色的深空中，再次彰显出人类的勇敢、智慧与荣耀，仿佛是在生命的最后一刻，尝试用蓝色的巨笔，在无边无垠的宇宙中书写悲壮的遗言。黑色不明球体再次轻轻松松地躲过了激光的攻击，旋即冷酷无情地将人类的四艘主力星舰彻底摧毁。四艘主力星舰刹那间变为在宇宙间飘浮的齑粉。所有舰载人员的肉体，都在一瞬间完全气化了。黑色的深空像是一只巨大的怪兽，贪婪地吞噬着所有的能量，连渺小的人类脆弱的肉体所蕴含的那一点点可怜的能量也不放过。

然后，黑色不明球体仿佛在深空中停了下来。它仿佛在等待着什么。

它在等待什么？它是在思考吗？思考？思考？思考？

突然，韩克手忙脚乱地在便携式电脑上操作起来。

“快！出来！脑电波图！”

电脑屏幕上出现了柳诗云那天在大厦平台上探测到的黑色不明球体的“脑电波”。

这电波图韩克已经看了数十遍了，没有从中发现什么。现在再看，那电波依然还是没有什么异样。它看起来像是不太规律的正弦波。

柳诗云见韩克一副痴狂之态，说道：“你依然认为那个怪物可以沟通吗？不管怎样，它毕竟不是人类。”

“毕竟不是人？！”韩克抬头愣了一下，仿佛想到了什么。他猛地低下头，将电波图的一个片段放大了10倍。没有异样。放大100倍。还是没有异样。他没有罢休，当他把局部电波放大500倍后，他被惊呆了。在电波的这个极小的波段上，呈现出类似人类脑电波的四种波型——它们与人类脑电波α、β、θ、δ四种波型极其类似。在它的“脑电波”的每一个看似平坦的电波片段中，有着极高的振动频次，如果把它们放大，都极其类似于人类脑电波的四种波型。

“快看！快看！”

“怎么了？”柳诗云问。

“你知道吗？这很可能意味着黑色不明球体有思维，有着类似人类的所有思维模式。只不过，它的思维更加活跃，更加迅速，而且似乎有多种思维在同时进行。我猜测，在每个零点零零零一秒中，它的每个粒子，都经历了类似人类的放松、沉思、遐想、清醒、专心、警觉、入眠等多种思想状态，最终，它作为整体，却呈现出一种类似无知无觉的状态。我要去尝试与它再进行一次对话。这次，我不需要手机媒介。某个古典诗人不是说过吗，诗人最愿意做的事情，是他不用语言而能传播思想本身。他的说法很奇怪是吧。很有启发性！只是，他说得不对。思想就需要语言。但是，与外星人之间，即便没有可以写出来或说出来的语言，也许通过思想本身就可以进行交流。不是有个说法叫心灵感应吗。或许，思想不依赖说出来或写出来的语言也可交流！”韩克睁大眼睛看着柳诗云。

“你疯了吗？但愿这是试图‘对1000个光子做玻色子取样’。”陈海王听到了韩克的话，扭头大声冲韩克说道。“对1000个光子做玻色子取样”——陈海王说了一句在物理学界老掉牙的谚语。这句谚语始于20世纪的一位数学家吉尔·加莱。当年他说过一句俏皮话，假如有一支比我们强大得多的外星人军队降临地球，要求我们展示五个光子的玻色子取样，否则便立刻摧毁地球，那么我们应该集合我们所有的量子工程力量尝试满足这个要求；但如果外星人要求的是十个光子的玻色子取样，那么我们最好还是选择尝试攻击外星人为妙。（在当时，十个玻色子取样几乎是不可实现的。）而这句话，其实又是吉尔·加莱模仿保罗·埃多斯在说拉姆塞问题时的一句俏皮话。吉尔·加莱将前辈话中的R（5,5）和R（6,6）换成了“五个光子”和“十个光子”。物理学界对类似的模仿乐此不疲。不过，吉尔·加莱的预言后来被X国的“华章”量子原型机粉碎了。“华章”很快实现了对数十个光子进行玻色子取样。后来，又很快突破了对100个光子进行玻色子取样。这就是为什么后来物理学界把吉尔·加莱话中的“100个光子”改为“1000个光子”的缘故。因为吉尔·加莱的预言的失败，这句谚语实际上是一句反讽。真是一帮讲求效率的富有幽默感的家伙！陈海王这么说，一方面是觉得韩克的想法有些不可思议，一方面也用反讽的方式表达了自己对实现这一疯狂想法所抱有的渺茫的希望。

“不，我没有疯。再打下去，我们也不是它的对手。我们会全军覆没的。我必须尝试。这是最后的机会！我要从星舰里出去。”

柳诗云在一旁听韩克这么说，知道那意味着何种巨大的风险。她的两眼立刻涌出了泪水。

韩克向归心城舰长提出了申请。归心城知道，韩克说得没错，再战斗下去，己方的星舰一定会全军覆没。他终于铁下心，点头同意了。

说来也奇怪，深空中的黑色不明球体突然停止了攻击，悬浮在库布星舰之上，仿佛在等待什么。

在等待我吗？难道它捕捉到了我的思想？在穿上航天服的那一刻，韩克脑海里冒出了这样的想法。

“我陪你出去。”就在韩克要迈步进入减压舱时，柳诗云突然抓住了他的手臂，大声说道。

韩克心中一震，透过航天服的头盔，千般不舍万般不舍地凝视着柳诗云的眼睛。他缓缓伸出手，隔着航天服，握了握柳诗云的手。

“没事。我不怕外面那个外星怪物，有件事，我还要感谢它呢。正是它，让我遇见了你。”韩克非常难得地说了句俏皮话。

“让我一起去。”柳诗云勉强笑了一下，泪水夺眶而出。她使劲抓住韩克的手。

这时，他的脑海里突然回响起那首老歌的旋律……

在白昼　熟睡前，

我与你，

徘徊在，

黄金的树林……

他慢慢掰开她的手指，坚定地说，“不，我希望你留下。”

十三
母星

残余的星舰此刻都停止了攻击。深空中一片冷寂。

韩克飘浮着出了星舰的减压舱。关闭减压舱舱盖后，他小心地将安全索的一端扣在减压舱舱盖旁边的扣环上。

由于没有重力，韩克在深空中飘浮着。现在，将他和人类相连的，只有一根安全索。

黑色不明球体依然静静地悬浮在深空中。

韩克盯着与他一样飘浮在黑暗深空中的黑色不明球体，关闭了头盔内的通信器。此刻，他与人类的通信也彻底断绝了。此刻，他需要聚精会神地思想。

请告诉我，你并不是真的想毁灭地球。是吗？

韩克思想着，期待着黑色不明球体能够捕捉到他的思想。这是一次没有退路的豪赌。

深空中，没有回应。

黑色不明球体没有动。

你甚至自己也不完全清楚自己任务的目的，是吗？

韩克继续思想着。

深空中，没有回应。

黑色不明球体没有动。

我想要了解你，了解你们，了解你的母星。

韩克继续思想着。

深空中，没有回应。

黑色不明球体依然没有动。

我想知道，你是谁？你从哪里来？我想知道——

韩克继续思想着。

深空中，没有回应。

黑色不明球体依然没有动。

韩克没有放弃，继续思想着。他感觉自己的思想变得更加清晰了。现在，他很自信，相信自己可以充分用思想表达自己。他继续思想着——

我想知道，你，你们究竟与人类有什么关系……

韩克继续思想着。

深空中，没有回应。

突然，韩克似乎看到黑色不明球体动了……

一刹那间，韩克感觉到天旋地转，仿佛历经万年，周围是无尽的黑暗……

这是什么地方？

韩克有一种强烈的感觉，脑子里有一个强烈的念头，他的人生过程，中间似乎发生了断裂。我的人生过程，也许已经不是“可微”的过程。这还是地球所在的宇宙吗？地球所在的宇宙，是可微的流形吗？

不知过了多久，韩克再次清醒过来时，惊骇地发现自己站立在灰黑色的土地上，周围看起来像一片沉寂的黑色荒原。黑色在他脚下延伸。他扭头看了看四周，巨大的库布星舰停在不远处，显得异常宏伟。他的视线越过库布星舰，远处的黑色大地广袤无垠，显得无比空旷。周围没有任何人。没有柳诗云。他感到全身一阵莫名的剧痛。他仰起头，头顶是碧蓝的天空。那种碧蓝色似曾相识，但是，地球上见到过的最蓝的天空也不如它那么蓝、那么纯，同时又那么深邃——仿佛在那碧蓝的深处，湮灭了亿兆颗恒星，包含了万千个宇宙。在这片无边无际的黑土地上，在那片广袤无垠的碧蓝天空下，仿佛拥有一切，又仿佛一无所有。这里似乎一切已臻完美——却完美得空虚，完美得可怕。

顷刻间，韩克感到自己无比渺小，从前萦绕、交织于头脑中的那些概念——光明、黑暗、慈悲、仇恨、生命、死亡——所有的概念，从前积蓄、奔涌在胸中的那些感受——欣喜、焦虑、欢乐、痛苦、感激、歉疚——所有的感受，都如飓风一般卷过脑海涌过心头，如同春天的惊雷轰鸣，如同山峰的积雪奔泻，一切积蓄着的、隐藏着的，都爆发了，飞扬了，然后所有的一切，又迅速隐没在一片白色的无名中……

我回到地球了吗？他注意到自己还穿着航天服，于是迈开步子往前走了一步。他飘浮在空中，滑行了数米才缓缓落地。

这儿不是地球！

韩克看向荒凉黑土上的库布星舰。他现在发现星舰的舱门已经开启。巨型智能机器人——那些机器人载运车正从库布星舰中将从地球上劫掠来的万千种物质样本一件件搬运出来。黑色荒原上，出现了一幅奇怪的画面。装着万千种物质样本的笼子、箱子在这片广袤的黑色荒原上慢慢摆开来，从远处看去，就仿佛小孩子的一件件玩具。远远地，韩克虽然看不清那些物质样本，但是他知道，那里面有他和柳诗云曾经在穹顶建筑之内看到过的巨大的银杏、三潭印月中的三座石塔以及地球上各种各样的岩石、树木和大型动物。不过，韩克总觉得在这万千物质样本中，缺少了什么。他茫茫然再次看看这个陌生的星球，这个看上去无边无际的新世界，突然意识到，这里，除了他，再没有其他人。在那些被劫掠来的万千种地球物质样本中，也没有人。难道人对于黑色不明球体——那个神秘的外星来客并不重要吗？还是它把人给遗漏了呢？韩克的脑子有些混乱，但是在这种混乱中，他发现自己的理智还在，思维还能运行，不禁感到稍稍有点庆幸。

这时，韩克看到空中出现了一个黑色不明球体。

欢迎来到我的母星。

这不是我的思想！

韩克浑身一震，突然觉得自己捕捉到了黑色不明球体的意识。他开始意识到，自己可以用思想与黑色不明球体直接进行交流了——

这就是你说的母星？

是的。

很像地球。

是的。我们一直希望在宇宙中找到类似的家园。我在宇宙中游弋，经历了一颗又一颗恒星的诞生与寂灭。然后，我遇到了地球。

所以，你要带回地球万物的样本，带给你的同类。

我已经告诉过你了。

你方才又提到了“我们”。“你们”是谁？还有谁？

你很快就会看到。

韩克清楚地感觉到了自己的思想在与黑色不明球体进行着交流。对方是在用中文进行思考。

这时，韩克看到在碧蓝的空中，突然显现出一个又一个黑色球体，它们大小不等，与那个同他进行思想交流的黑色不明球体毫无两样。这些大小不一的黑色球体，每一个都浑圆无比，都是绝对的球体，都是绝对的完美。它们悬浮在空中，悬浮在一望无际的广袤的黑色大地的上空，极度壮观，极度诡异！

韩克呆呆地看着空中，所有黑色球体渐渐合为一体，变成了一个超级巨大的黑色球体，如同超级巨大的黑色太阳悬浮在碧蓝的天空中。

韩克再次感到自己思想的大海中涌现出一个思想——不是他自己的思想。

地球人，我就是我们，我们就是我，我同你说过。

你们费劲无尽光阴，难道就是为了带回地球万物的样本吗？

是的。我，我们，都想知道我们是从哪里来的。

可是，你们遗漏了最重要的样本。

什么？

人。你们遗漏了人。地球人。对不起，我不是你们带回来的样本。我虽是地球人，但只是一个独立的个体，并不像你或你们，一即是多，多即是一。看看吧。你们盗抢来的各种地球生物——蓝鲸、大象、虎、豹、犀牛、长颈鹿、牛、羊、猪、狗、猫、老鼠、老鹰、麻雀、各种各样的鱼、千万种昆虫、千万种岩石样本，等等等等，可是，在你的盗抢来的样本中，唯独没有人。所有这些地球上的物品，所有这些地球上的生物，它们不像——它们虽然存在——但是它们不像人，它们没有人的思想。

思想？难道我、我们不是在思想吗？

不，你们没有孔子，你们没有孟子，你们没有李白，你们没有杜甫，你们没有关汉卿，你们没有罗贯中，你们没有诸葛亮；你们没有吴承恩，你们没有孙悟空；你们没有曹雪芹，你们没有贾宝玉；你们没有莎士比亚，你们没有雨果，你们没有冉阿让；你们没有罗曼·罗兰，你们没有约翰·克里斯朵夫；你们没有陀思妥耶夫斯基，你们没有马拉卡佐夫兄弟……你们没有人的特性，你们没有经历过千百代人经历过的苦难和欢乐，你们没有经历过千百代人经历过的艰辛的奋斗和勇敢的生活，你们没有人的喜怒哀乐，你们没有人的爱恨情仇，你们也没有人的悲悯……

这时，韩克突然觉得自己思想深处的那个超级巨球的思想突然沉寂了。过了片刻，那个思想突然又启动了——

……没错……不……不……不是——我、我们现在也有了孔子、孟子、李白、杜甫、关汉卿、罗贯中、诸葛亮、吴承恩、孙悟空、曹雪芹、贾宝玉，还有了莎士比亚、雨果、冉阿让、罗曼·罗兰、约翰·克里斯朵夫、陀思妥耶夫斯基、马拉卡佐夫兄弟……至于喜怒哀乐，爱恨情仇和悲悯，我、我们也在尝试学习……

你的辩驳是没有用的。看看这个世界，这里根本没有其他人，我也不属于你们……你或你们究竟都算是什么呢？是绝对的完美，还是无限的禁锢？多少亿兆个天堂和地狱，是否都被你这个超级巨球吞没了呢？横亘于多少个光年之间的亿兆个世界，是否都已经被你这个超级巨球抹杀了呢？在我的故乡，多少个世代的人们所创造的改变心灵、强壮精神的纯朴的、美好的、高尚的文化，是否与无数个世代的毒蘑菇一般丑陋的、罪恶的、放肆的、狂妄的、发疯似的胡言乱语都不过是时空中的幻影呢？都是假的，虚的，都不曾真正存在过吗？

韩克的思想突然卡壳了、停顿了。他突然意识到了什么，不禁心中一阵狂喜——一种在绝望中忽然看到希望而产生的狂喜，一种眼看彻底失败却在失败中忽然发现制胜因素后产生的狂喜。

不，是我错了。在你的同类，或者说你们，或者说你，在你带着完美的身躯和完美的思想降临地球时，光临人类的数据库、图书馆、博物馆时，一切已经开始在发生变化了。你，你们以为成功地侵入了地球，但是，实际上，在你，或者说你们读取、窃取人类的文明之时，人的思想，人的千百代的奋斗史、生存史和千百代的喜怒哀乐也反向侵入了你或者你们。因为在你或者你们这里，一个分离出去的意识可以融入一个集合的意识，多即是一，一即是多。既然那个光临地球的黑色不明球体回到这个母星，融入了你这个超级巨球，那么它带回来的地球的文明，无数地球人的思想与喜怒哀乐也融入了你这个超级巨球。是吗？对吗？

在韩克思想深处冒出的那个思想再次沉寂。过了片刻，那个思想才再次涌现。

对。但也不全对。人在我们集体记忆的深处、意识的尽头，我们的祖先曾经在一个蔚蓝色的星球上生活过，那里有黑色、褐色和红色的土壤，有巍峨的高山，有深不见底的海洋，有树木繁茂的森林，有奔跑在草原上的凶猛动物，有游弋在大海深处的千万种鱼类。我们的祖先曾经勇敢地探索宇宙、发展科技、利用科技。经历过无数颗恒星的诞生与寂灭，我们虽然发展出了高度的智慧，我们虽然几乎达到了完满与永恒，但是，经历了宇宙中无数颗恒星的诞生与寂灭，我们已经忘记了祖先的样子和母星完整的样子。于是，我们将这个星球当成我们的母星。现在，我们带回来的样本，恰好与我们最深处、最隐秘的集体记忆相符，所以经过我们集体智慧的推断，地球很可能就是我们真正的母星——现在这个母星的母星。这可以解释，我，或者说我们，为何能够很快学会人类的语言。地球的语言，在我们的集体意识的晦暗角落，依然以其永恒的力量向我们暗示所指，传递含义。所以，即便在这里，在这个距离地球无尽遥远的星球上，没有与地球完全相同的事物，但是我和我们经过短暂的学习，依然能够运用你们的语言。我，或者说我们，曾以为地球上的人类是落后的、愚蠢的。但是，我，或者说我们，现在意识到，人类或许就是我们的祖先。非常遗憾，我，或者说我们用自以为是的“先进”推动了所谓的人类“进化”，这场进化将导致人类在不久的未来出现发展的节点，在节点后人类后裔将出现分支。或许，我们正是分支的一脉。人类曾经一度想要启动的虫洞计划刻印在我们最深的记忆中，所以我，或者说我们，之前被古老的记忆所左右，下意识地摧毁了那个计划，也下意识地将你带到了我，或者说我们现在的母星。可是，地球啊，或许地球就是我们真正的古老的母星。瞧，我，或者说我们的话让你吃惊了。

韩克被自己意识到的思想震惊了。他的身体因为激动微微颤抖起来。他使劲地瞪大了眼睛，盯着超级巨大的黑色球体。

从地球人进化——如果算是进化的话——进化到你这个超级巨球，是经历了无数个空间跳跃，还是穿梭了无数个虫洞，进入了一个新的轮回呢？宇宙是无数个宇宙的族吗？是无数片超级巨大的膜吗？你，或者你们是在这些巨大的膜之间穿越吗？你，或者你们，历经亿兆颗恒星的寂灭，是否已经淡忘了、消磨了或者抛弃了所有那些被你或你们视为脆弱的可笑的人的情感和意识呢？可是……可是……

你究竟是什么？地球人的未来，所有地球人的未来吗？可是你可以定义为“人”吗？究竟什么是人？人曾经是地球上最智慧的生物，曾经一度居于统治地位。人被人类学家定义为能够使用语言、具有复杂的社会组织与科技发展的生物。而后，出现了机器人，出现了脑机连接人。人作为生物的界限从此被打破。眼前这个超级球体，没有人的脑袋，没有人的眼睛和鼻子，没有人的四肢，也没有人的生殖器。既是个体，又是共体。既能分化出个体意识，又能融合成共同意识。能够用“人”这个概念来定义吗？当个体消失，无数个体的意识融入一个意识，在这个共同的意识中，那些个体的意识还能独立存在吗？在这个完美的超级球体中，在这个无所不包的意识中，理性与感性会和谐共存吗？还是在某些时刻理性会超越感性，而在另外的时刻则是感性会超越理性？在这个浑然一体的超级意识中，爱与恨哪个更强？悲悯在完美的、无所不包的意识中，又会处于什么位置呢？还有所谓的人性吗？

他感到各种思想如巨潮一般汹涌而来。各种思想在思想的大河中奔涌，汇入思想的大海。他感觉自己快要崩溃了。可是，就在即将崩溃的一瞬，他突然又意识到自己的思想几乎在瞬间又完全停滞了，身体也像被瞬间冷冻一般。方才出现的胜利的狂喜瞬间消失，思想陷入一种更加深沉的悲哀。无限种可能性，数千万光年，亿兆颗恒星，在一瞬间都仿佛被压缩到一种白色的虚无中。

但是，突然之间，韩克发现巨大黑色球体似乎发生了变化。

顺便说一下，我，我们也看到了你的记忆，看到你对双亲的回忆，就像我，我们现在回忆我们的母星。我，我们，学会了你们的语言，现在你们的语言也让我，让我们感受到了伤感，感受到了什么是爱，什么是失去亲人的痛。你在想什么吗？什么？你很想再听你的母亲说一句话，问我可不可能？好吧，请你看着我。你会在我身上再看到你的母亲。

他看到了。在巨大的黑色球体的神秘的混沌中，他看到母亲坐在沙发上，正微笑着拿着手机通话。沙发前面，是那张熟悉的玻璃材质的茶几。过了一会儿，通话似乎中止了。母亲的手中，还拿着手机，却忘了挂断。她冲着正在厨房忙碌的父亲说：“阿克说马上就要开始讲座了，不能再同我说话了。”然后，电话断了。母亲放下电话，微笑着自言自语：“这孩子，总是那么忙。”父亲的形象也旋即在混沌中出现了。他扭过头，朝着母亲笑了笑，说道：“放心吧，到了假期，阿克会回来看咱俩的。”

随后，巨大的黑色球体上的图像消失了。

这时，韩克已然泪流满面。

我，我们不能乞求你的朋友们的原谅，毕竟，我，我们杀害了你的朋友，杀害了很多无辜的人。但是，我，我们，可以送你回到你的母星——那个蓝色的星球。在这个过程中，你有迷失在无尽宇宙的巨大风险，这种可能性是存在的。你愿意吗？

这一刻，韩克的脑海里闪过了柳诗云的样子。

于是，他仰起头，毫不犹豫地回答道："是的。"

他也意识到自己正在"进行"着的思想，如此清晰：

为了再次遇见你，我甘愿冒险——哪怕在黑暗宇宙中永远流浪……